AF139172

Inhaltsverzeichnis

Warum ist das verboten?

Reginas Ball war rot. Man konnte ihn so zusammendrücken, dass er in einer Hand versteckt werden konnte. Wenn aber durch das kleine Loch an der Seite Luft in den Ball strömte, blies er sich auf. Dann war er so groß wie Mircos Kopf.

Der Ball zischte durch die Luft und wäre um ein Haar über Mirco hinweg geflogen, doch der flinke Junge machte einen Sprung und erwischte mit der rechten Hand die weiche Kugel.

„Fünf zu Drei", jubelte er und sprang in die Höhe. Jäh wurde seine Freude getrübt. Hinter Regina stand nämlich Hausmeister Lengner und der sah gar nicht erfreut aus.

„Könnt ihr nicht lesen? Ball spielen ist hier verboten. Das steht doch in den Hausregeln. Wozu hängen die extra neben dem Hauseingang?", schimpfte Herr Lengner. Er stemmte seine Hände in die Hüften und stand breitbeinig vor den Kindern. Eine Strähne seiner wenigen grauen Haare hing ihm ins

Gesicht. Böse stierten seine graublauen Augen die Kinder an.

Regina und Mirco sahen schuldbewusst zu Boden. Es war so praktisch, in dem langen Flur vor ihrer Wohnung zu spielen. Der Gang war geräumig genug, um einander den Ball zuzuwerfen. Am Ende des Ganges befand sich ein riesiges Fenster, das genug Licht herein ließ. Es war also schön hell hier und man konnte nichts herunterwerfen wie in der Wohnung.

Regina war vor ein paar Wochen neu in das Haus eingezogen. Kurz darauf freundete sie sich mit dem dunkelhaarigen Mirco an, der schräg gegenüber von ihr wohnte. Die anderen Leute im Haus kannte sie kaum. Auch Mirco wusste nur die Namen der meisten, aber näher kannte er sie auch nicht. Lediglich Milan und Rosina, Aische und Gürkan waren ihm vertrauter, weil er ab und zu mit ihnen draußen spielte. Im Haus traf man selten Leute. Meist verschwanden sie ganz schnell in ihren Wohnungen. Jeder kochte hier sein eigenes Süppchen und redete mit dem anderen nur, wenn es notwendig war.

„Der Lengner ist so doof", schimpfte der Junge nun, als der Hausmeister weg war. Er lehnte sich an die Wand und rutschte an ihr entlang zu Boden.

„Finde ich auch", stimmte Regina ihm zu. Sie hockte sich neben ihn. „Ich frage mich bloß, warum wir hier nicht spielen dürfen."

„Weiß auch nicht." Mirco zuckte mit den Schultern und schob den Ball unter seine Füße.

Die Kinder überlegten, ob sie nun nicht doch wieder zu spielen anfangen konnten. Aber sie trauten sich nicht recht. Vielleicht lauerte Herr Lengner ja noch hinter der Ecke und wenn er sie noch einmal erwischte, nahm er ihnen mit Sicherheit den schönen roten Ball weg.

Frau Hallbauer kam den Gang entlang. Ihre Wohnung lag direkt gegenüber jener, in der Mirco und seine Eltern wohnten. Regina wohnte mit ihrer Mutter neben Frau Hall- bauer. Die Wohnung neben der von Mirco stand im Moment leer. Vier Wohnungen gab es auf dem dritten Stockwerk, auf dem die Kinder wohnten. Manche Stockwerke hatten weniger Wohnungen, manche mehr. Und es gab viele Stockwerke, nämlich fünf an der Zahl.

Die Kinder saßen missmutig da.

„Was ist denn mit euch los?", fragte Frau Hallbauer. Sie war etwa 30 Jahre alt. Ihr schulterlanges, blondes Haar hatte sie in der Regel zu einem Pferdeschwanz zusammengebunden. Wenn sie nicht gerade von der Arbeit kam, war sie sportlich gekleidet. Sie besaß eine Hündin namens Cora. Die war die meiste Zeit alleine in der Wohnung. Oft heulte sie stundenlang vor sich hin, weil ihr Frauchen in der Arbeit war. Das tat den Kindern immer sehr leid. Am liebsten hätten sie die Türe aufgebrochen und Cora spazieren geführt. Mircos Vater sagte, dass das Tierquälerei sei. Und Mircos Mutter wunderte sich, dass man für Frau Hallbauer eine Ausnahmeregelung machte. Normalerweise war es nämlich verboten, Hunde in der Wohnung zu halten.

Zu den Kindern war Frau Hallbauer meistens nett. Nur manchmal wirkte sie etwas gestresst und dann ließ sie das gerne an anderen Menschen aus. Heute allerdings sah sie recht entspannt aus.

„Wir wollten Ball spielen", erklärte Mirco.

„Und?" Frau Hallbauer runzelte die Stirn. Sie verstand nicht, welches Problem die Kinder hatten.

„Na ja", druckste Regina herum, „draußen ist es uns heute irgendwie zu kalt zum Ball spielen. Schließlich haben wir Januar und der Wind geht auch so kalt." Sie zog sich ihren Pullover bis zur Nase hoch, als wüsste Frau Hallbauer nicht, wie das Wetter draußen war. Natürlich hätten sie auch draußen spielen können, wenn sie sich warm angezogen hätten. Aber sie waren vorhin schon eine Stunde im Freien gewesen und Regina war ohnehin ein wenig verschnupft.

„Und die Wohnung ist zu eng, um darin Ball zu spielen", ergänzte das Mädchen.

„Dann spielt halt hier auf dem Gang", schlug Frau Hallbauer vor und erkannte immer noch nicht, welches Problem vorlag.

„Das wollten wir ja. Aber Herr Lengner hat gesagt, dass wir das nicht dürfen", erklärte Mirco. Sein Gesicht war glühend rot. Sein Kopf sah aus wie eine Tomate. Mit seinen großen braunen Augen blickte er Frau Hallbauer an.

„So, und warum nicht?", fragte diese.

„Das steht in der Hausordnung", sagte Regina ganz leise. Sie schob ihre Lippen nach vorne und zog die Nase hoch. Ihr braunes, gewelltes, langes Haar war noch immer ganz durcheinander von der Toberei vorhin.

„Na dann hat es sicher einen Sinn, dass ihr hier nicht spielen dürft." Frau Hallbauer lächelte die Kinder noch kurz an und verschwand dann in ihrer Wohnung. Freudig sprang ihr Cora entgegen. „Na, meine Gute, hast du schon gewartet, hm!", hörten die Kinder sie noch sagen, ehe sich die Türe schloss.

„Ich frage mich nur, welchen Sinn es hat", raunte Mirco und zog seine Augenbrauen hoch.

Regina stöhnte. „Ich hätte gerne ein riesiges Haus ganz für mich alleine, in dem es keine Regeln gibt."

„Ja, das wäre klasse", stimmte ihr Mirco zu. „Eins, das richtig schön bunt ist und nicht so kahle Wände hat wie unser Haus." Er sah an der weißen Wand hinab, die an vielerlei Stellen graubraune Spuren von den Bewohnern des Hauses trug.

7

„Genau! Und eins, indem überall Blumen duften", schwärmte Regina.

„Ja, und eins, das meine Hausaufgaben macht", ergänzte Mirco.

Regina lachte: „Ja, das wäre sehr praktisch!"

„Na ihr habt ja tolle Vorstellungen", sagte Frau Hallbauer. Die Kinder hatten bei all ihrer Träumerei gar nicht bemerkt, dass Frau Hallbauer mit Cora dastand, um sie Gassi zu führen.

„Na ja, träumen darf man ja noch", sagte Mirco.

„Aber sicher doch. Das sollte man sogar!" Frau Hallbauer lächelte. Dann ging sie mit Cora an der Leine Richtung Treppenhaus. Die Kinder sahen ihr nach.

„Cora ist so eine hübsche Hündin. Ich würde sie am liebsten den ganzen Tag streicheln!", schwärmte Regina.

„Na ja, ich weiß nicht, ob Cora die ganze Zeit von dir angetatscht werden will", ärgerte sie Mirco.

„Trottel!", sagte sie. Aber sie meinte das nicht böse.

„Weißt du eigentlich genau, was es alles für Hausregeln gibt?", fragte Regina schließlich.

Mirco schüttelte den Kopf. „Lass uns mal nachsehen", schlug er vor.

Die beiden Kinder rannten die vielen Stufen zum Hauseingang hinunter. Außer Atem starrten sie auf das große Schild neben dem Hauseingang.

Aufmerksam lasen sie die Regeln, die dort schwarz auf weiß standen:

1. Fahrräder im Hauseingang abstellen ist verboten! Fahrräder müssen im Keller abgestellt werden.
2. Grillen auf den Balkonen ist verboten!
3. Spielen auf den Gängen ist verboten!
4. Wäsche in den Gängen aufhängen ist verboten! Der Waschkeller ist dafür zu verwenden.
5. Rauchen ist im gesamten Haus verboten.
6. Kinderwägen müssen im Keller oder in der Wohnung abgestellt werden.

7. Auf die Reinhaltung der Wände in den Gängen ist zu achten.
8. Hunde und andere Tiere sind nur mit Ausnahmegenehmigung erlaubt. In den Gängen sind Hunde anzuleinen.
9. Musik darf nur in der Wohnung gehört werden. Sie muss so leise sein, dass niemand gestört wird.

„Wer stellt eigentlich die Hausregeln auf?", fragte sich Regina mehr selbst als ihren Freund. Doch dieser fühlte sich trotzdem angesprochen.

„Soweit ich weiß, gehören alle Wohnungen hier einer ziemlich reichen Frau. Wir müssen ihr Miete dafür zahlen. Sie heißt Lemper oder so. Und die stellt vermutlich die Hausregeln auf", meinte Mirco.

„Na bravo", beschwerte sich Regina. „Wahrscheinlich hat sie selber einen riesigen Garten und eine Turnhalle zum Ballspielen."

Andreas lachte: „Eine Turnhalle zum Ballspielen! Das wäre klasse!"

„Ist sie nett?", fragte Regina.

„Weiß ich doch nicht. Ich hab sie noch nie gesehen. Vater sagt, dass sie ziemlich schnieke ist."

„Und ziemlich eingebildet, oder?", ergänzte Regina.

„Wahrscheinlich. Die meisten reichen Schnösel sind eingebildet."

Die Kinder liefen wieder die Treppen zum dritten Stock hoch. Aufzug gab es keinen. Das war manchmal ganz schön mühsam, vor allem wenn man Einkäufe machte. Bis da alles die vielen Stufen hinaufgetragen war!

Ein Herr überholte sie auf der Treppe. Er hatte überwiegend graues Haar. Nur an manchen Stellen merkte man noch, dass er früher braunhaarig war. Allerdings sah er noch nicht besonders alt aus. So schnell, wie er die Treppen hoch lief, konnte er auch noch nicht besonders alt sein. Er schob sich seine Brille zurecht und grüßte im Vorbeigehen knapp.

„Wer war das?", flüsterte Regina.

„Herr Hutter. Der wohnt glaub ich im vierten Stock. Mehr weiß ich auch nicht über den."

„Hat er Kinder?"

„Glaub nicht. Zumindest hab ich noch nie welche gesehen."

Inzwischen waren sie im dritten Stock angekommen.

„Komm, lass uns Computer zocken", schlug Regina vor. Und schon waren sie in Reginas Wohnung verschwunden.

So eine Ungerechtigkeit!

Es war bereits sieben Uhr abends, als Frau Kleinle Reginas Zimmer betrat. Sie war soeben von der Arbeit gekommen und wirkte erschöpft.

„Jetzt hockst du schon wieder vor dem Computer!", seufzte Reginas Mutter und schüttelte den Kopf. „Könnt ihr nicht mal was anderes spielen als Computer?", fragte sie die beiden Kinder und stellte ihr Tasche ab.

„Wollten wir ja", sagte Regina, „aber dann kam der Hausmeister und hat uns vom Gang vertrieben!"

„Oh Mann!", stöhnte Mutter, „Auf dem Gang zu spielen ist doch auch verboten, das wisst ihr ja. Steht groß und breit in den Hausregeln." Reginas Mutter kannte also die Hausregeln. Sie strich sich durch das kurze, braune Haar und wischte sich den Schweiß von der Stirn.

„Wo sollen wir denn sonst Ball spielen?" Regina sah sich in ihrem winzigen Zimmer um, in das gerade mal ihr Bett und der Schreibtisch mit dem Computer, sowie ein schmales Regal für ihre Klamotten passten. Mutters Schlafzimmer war noch ein wenig kleiner und dann blieb noch die Küche, in der sie aßen, Hausaufgaben machten und alles andere erledigten. In der Küche befand sich nämlich ein Tisch mit vier Stühlen. 42 Quadratmeter war die Wohnung groß. Das war nicht gerade eine Luxuswohnung, in der man sich munter ausbreiten konnte.

„Dann spielt halt nicht Ball, sondern Karten oder was weiß ich!" Mit den letzten Worten war sie wieder verschwunden und eilte in die Küche, um ihre Einkaufstüte abzustellen. Dann kam sie noch einmal.

„Hast du die Hausaufgaben erledigt?", fragte sie Regina.

„Konnte ich nicht. Ich versteh Mathe nicht. Da musst du mir helfen!"

„Auch das noch!" Mutter verdrehte die Augen. Früher hatte Reginas Vater ihr bei den Hausaufgaben geholfen, aber seit sie sich vor einem Jahr getrennt hatten, blieb auch das an ihr hängen. Leicht genervt sagte sie zu Mirco: „Musst du nicht auch schon längst heim?"

„Ach so, klar", entgegnete er verlegen. In dem Moment klingelte es an der Türe. Ein breit gebauter, großer Mann mit Vollbart stand draußen. Es war Mircos Vater.

„Ist der Junge wieder bei Ihnen, oder? Entschuldigen Sie bitte, dass ich ihn nicht früher geholt habe. Eigentlich müsste er wissen, dass es um sieben Uhr Abendessen gibt. Aber sie wissen ja, wie die Kinder sind."

Die beiden Erwachsenen jammerten ein wenig zusammen über die Unarten ihrer Kinder.

„Oh Mann, als ob sie Heilige wären!", stöhnte Mirco. Auch Regina verdrehte die Augen. „Erwachsene wissen immer alles besser!", sagte sie und grinste.

Kurz nachdem Vater und Sohn gegangen waren, saßen Regina und ihre Mama am Küchentisch und aßen Wurstbrote zu Abend.

„Warum darf man eigentlich auf den Gängen nicht spielen? Das ist echt ungerecht", sagte Regina plötzlich. Das Verbot ging ihr immer noch im Kopf um.

„Weil Gänge nicht zum Spielen da sind", erklärte die Mutter.

„Und warum nicht?"

„Weil man die anderen Leute stört."

„Und warum?"

„Weil sie auf den Gängen zu ihren Wohnungen gehen."

„Und warum?"

„Na, weil sie halt in ihre Wohnung gehen müssen. Da leben sie ja schließlich!"

„Und warum?"

„Kannst du eigentlich etwas anderes auch noch sagen?", fragte Mutter etwas genervt.

„Die Leute könnten doch auch auf den Gängen leben."

„Ha!", lachte Mutter, „Das wäre ja ein schönes Durcheinander." Sie stand auf und räumte die Teller in den Geschirrspüler. „Hol jetzt deine Hausaufgaben. Es ist eh schon so spät. Ich muss noch die Wäsche bügeln und ein paar Pläne zeichnen."

Reginas Mutter hatte Gartenplanung studiert und arbeitete in einer kleinen Firma, die Gärten von reichen Leuten verschönerte. Das Geld, das sie verdiente, reichte geradeso, um die Wohnung zu bezahlen und was man halt zum Leben brauchte.

Missmutig holte Regina ihre Hausaufgaben. Sie hasst Mathe. Ihrer Meinung nach kam man auch ohne Mathe gut durchs Leben. Wenn sie das sagte, entgegnete Mirco immer, dass sie Unsinn rede und Mathe überhaupt das Wichtigste und Schönste sei, das es gab. Dann stritten sie ein wenig, aber es war kein wirklicher Streit. Keiner, bei dem einer am Ende weinte oder sich schlecht fühlte.

Rechte für die Kinder

Am nächsten Tag in der Schule sprachen sie über Kinderrechte. Frau Lila sagte, dass eigentlich alle Gesetze sich am Wohl der Kinder orientieren müssten. „Das haben eine Menge gescheiter Leute so festgelegt", erklärte sie.

Plötzlich meldete sich Mirco. „Sind Hausregeln auch Gesetze?" fragte er.

Frau Lila zog erstaunt die Augenbrauen nach oben. Sie war eine sehr nette Lehrerin und sah irgendwie lustig aus. Vor allem wenn sie das Gesicht verzog, mussten die Kinder oft lachen. Ihre Nase war ziemlich klein und passte eigentlich gar nicht zu ihrem großen Kopf. Die kurzen braunen Haare standen immer in alle Richtungen, als sei sie gerade aufgestanden. Ihre Lippen hatte sie meist rot geschminkt. Einmal hatte sie Regina in den Arm genommen, weil sie sich das Knie auf dem Pausehof aufgeschlagen hatte. Dabei hatten Frau Lilas Lippen aus Versehen Reginas Stirn berührt. Der ganze

Lippenstift blieb an ihrer Stirn hängen, sodass sie aussah wie ein Indianer.

Frau Lila war etwas dicklich und hatte immer sehr besondere Sachen an. Zum Beispiel hatte sie einen blauen Pullover mit
lauter bunten Punkten darauf. Ein paar von
den Punkten hatten Gesichter. Mirco suchte
immer nach den Gesichtern auf dem Pullover und versuchte zu zählen, wie viele es
waren. Das machte er vor allem im
Deutschunterricht, weil er Deutsch nicht
besonders mochte. Einmal sprachen sie gerade über das Wortfeld „gehen". Frau Lila
fragte die Kinder, ob sie noch mehr Wörter
für das Wort „gehen" wüssten. „Dreizehn",
rief da Mirco plötzlich und sprang begeistert
auf.

„Ich weiß nicht", meinte Frau Lila, „würdest
du statt ´Ich gehe in die Schule´ sagen `Ich
dreizehn in die Schule´."

Da mussten alle Kinder lachen. Besonders
laut lachte Elo. Er hatte an diesem Tag ein
blaues Auge. Von einer Schlägerei mit einem Jungen im Park sei das, hatte er erklärt.
Und dann sagte er noch, dass der Andere
dabei verloren hätte.

„Mirco ist so ein Schwachkopf", rief er nun durchs Klassenzimmer und tippte sich an die Stirn. Elo war Mircos Erzfeind. Dabei wusste Mirco eigentlich gar nicht so genau, warum sie sich so sehr hassten. In der ersten Klasse saßen sie sogar eine Zeit lang nebeneinander und verstanden sich gar nicht einmal so schlecht. Allerdings war Elo bald neidisch, weil Mirco besser rechnen konnte. Vielleicht fing er deshalb an, ihn mitten im Unterricht mit dem Bleistift zu pieksen oder ihm in der Pause ein Bein zu stellen. Mirco wehrte sich anfangs nicht gegen Elos Gemeinheiten. Vielleicht war das ein Fehler gewesen. Vielleicht war es aber auch gut so, weil Elo ihn womöglich sonst noch mehr geärgert hätte. Mirco war nicht der Einzige in der Klasse, den er ärgerte. Im Laufe der Schuljahre eckte Elo immer wieder an. Einige Jungs hielten zu ihm und ein Mädchen: Tira. Die Anderen mochten Elo nicht besonders, weil er ihnen Stifte kaputt machte, sie zwickte und schubste oder dumme Sachen über andere Kinder sagte. Er war ein wenig größer und kräftiger als die Übrigen.

Vielleicht trauten sich deshalb so viele nicht, etwas gegen ihn zu unternehmen.

Jetzt knuffte Elo Tira an, die neben ihm saß. Tira war kurz nach Regina in die Klasse gekommen. Sie hatte ebenso Schwierigkeiten, eine Freundin in der Klasse zu finden wie Regina. Die Mädchen in der Klasse waren alle schon lange miteinander befreundet. Sie hatten kein Interesse an einer neuen Freundschaft. Erst mit der Zeit gelang es Regina, die eine oder andere Freundin zu gewinnen. Aber zu Beginn hielt sie sich vor allem an Mirco. Der wohnte ja auch im selben Wohnblock.

Tira hingegen schloss sich Elo an. Sie war ein relatives kleines, sehr dünnes Mädchen und fühlte sich wohl beschützt von dem starken Elo. Im Gegensatz zu Regina fand sie keine anderen Freundinnen mit der Zeit. Im Gegenteil: Sie kapselte sich immer mehr ab und wurde nach und nach wie Elo. Außerdem begann sie, Elo zu unterstützen und die Anderen zu drangsalieren.

Auch jetzt strich sie ihre blonden Locken nach hinten und rief: „Der Mirco hatte noch nie alle Tassen im Schrank!"

Frau Lila warf ihr einen bösen Blick zu und brachte sie so zum Schweigen. Dann antwortete sie auf die Frage, die Mirco vorhin gestellt hatte: „Ja, eigentlich sind Hausregeln auch Gesetze."

„Hm", brummte Mirco nachdenklich.

„Warum fragst du?", wollte Frau Lila wissen und lächelte.

„Ach, nur so", meinte Mirco.

Dann gongte es zur Pause und die Kinder stürmten in die Garderobe, um sich warm einzupacken. Es hatte zehn Grad unter Null. Aber das machte den meisten Kindern jetzt nichts. Sie mussten lange genug still sitzen und waren froh, ein wenig herumtoben zu können.

Mirco liebte den Schnee. Er formte ein paar Schneebälle und warf sie zu Boden. Dann sah er Regina mit einigen Mädchen vorbeilaufen. Er grinste, nahm einen Schneeball in die Hand und warf nach ihr. In kürzester Zeit war die schönste Schneeballschlacht im Gange. Bis plötzlich Frau Lila dastand und rief: „Aufhören. Sofort aufhören!"

„Warum denn?", fragte Mirco enttäuscht.

Frau Lila ging zu ihm hin und sagte: „Aber Mirco, du weißt doch, dass das in der Schulordnung steht. Schneeballwerfen ist auf dem Pausehof verboten."

Spitzbübisch grinste Mirco seine Lehrerin an. „Aber Frau Lila", sagte er, „sie haben doch gesagt, dass alle Gesetze und Regeln so sein müssen, dass sie dem Wohl der Kinder dienen."

„Ja, schon."

„Na und ich bin ein Kind", sagte Mirco und schnitt eine Grimasse.

Frau Lila musste lachen. „Nun gut. Auf dem Pausehof sind jedoch noch viele andere Kinder. Und auf deren Wohl müssen wir auch Rücksicht nehmen."

„Drum werf ich nur Schneebälle auf Regina und ihre Freundinnen. Damit ich ihnen wohl tue, wissen sie."

„Oh Mirco!", sagte Frau Lila mit einem Augenzwinkern und strich ihm über die Mütze mit dem Bommel. „Du weißt genauso gut wie ich, dass Regeln entweder für alle oder für keinen gelten müssen. Und wenn man das Werfen der Schneebälle erlaubt, wird es eine Menge Kinder geben, die ihre Schneebälle wild herumwerfen. Und das kann blöd ausgehen."

„Hm", überlegte Mirco, „dann müssen wir wohl eine Schneeballpolizei einführen. Und alle Kinder werden verhaftet, die wild herumwerfen. Ja, so machen wir das!"

„Ich weiß nicht, ob das funktioniert, weißt du! Aber ich kann es ja mal meinen Kolleginnen und Kollegen vorschlagen."

„Nein, nein, sie müssen es den Kindern vorschlagen", wandte Mirco ein, „wenn wir zum Wohl der Kinder handeln, müssen ja die Kinder entscheiden."

Frau Lila hatte keine Zeit mehr, mit Mirco zu diskutieren, weil schon wieder ein paar andere Kinder aufgeregt zu ihr kamen. Sie wollten, dass Frau Lila einen Streit zwischen zwei Kindern schlichtete.

Kaum war Frau Lila verschwunden, wurde Mirco so hart von ein paar Schneebällen am Kopf und am Bauch getroffen, dass er für einen kurzen Moment schwankte. Ihm wurde ganz schummrig vor Augen und er musste sich setzen. Regina eilte sofort zu ihm und legte ihm die Hand auf die Schulter. „Ist alles in Ordnung mit dir?"

„Ja, ja, geht schon wieder!", meinte dieser. Aber dann wurde ihm schwarz vor Augen.

„Was ist passiert?", fragte Frau Lila, die wieder zu Mirco geeilt war. Sie sah, dass der Junge ganz blass war.

„Ich weiß nicht. Auf einmal kamen eine Menge Schneebälle auf mich zu. Ich kann nicht einmal genau sagen, woher sie kamen."

„Das ist der Grund, warum man hier nicht Schneebälle werfen darf", sagte Frau Lila kopfschüttelnd. Dann nahm sie den Jungen mit und brachte ihn ins Arztzimmer. „Leg dich ein bisschen hin", sagte sie.

Ein Gongschlag beendete die Pause. Die Kinder stellten sich auf dem Pausehof dort hin, wo ihr Klassenname stand. „3a" war allerdings unter dem Schnee nicht mehr zu sehen. Aber Regina wusste, wo das eigentlich stand. Sie war die Erste in der Reihe. Sie wollte nämlich unbedingt wissen, wie es Mirco ging.

„Na", lachten da Elo und Tira hämisch, „Ist dein Freund umgekippt?"

„Hätte nicht gedacht, dass dem ein paar Schneebälle so viel ausmachen", grinste

Tira. Regina hasste dieses überhebliche, selbstherrliche Grinsen.

„Da müssen wir wohl ein bisschen besser aufpassen auf deinen Freund, dieses Weichei!", lachte Elo.

Was sind das für Regeln?

Ein paar Tage später war Mirco wieder voller Tatendrang. Und so hatte er eine tolle Idee, zumindest seiner Ansicht nach.

„Oh nein, seid ihr total verrückt geworden! Was fällt euch bloß ein, ihr verzogenen missratenen Kinder! Das ist verboten!!! Das könnt ihr doch nicht machen!" Herr Lengner kochte vor Wut. Sein Gesicht war feuerrot und er fuchtelte wild mit den Händen in der Gegend herum. Regina hatte ein bisschen Angst, dass er einen Herzinfarkt kriegen würde und sie bereute schon, dass sie Mirco geholfen hatte. Der hatte nämlich vorgeschlagen, einen großen, schönen Elefanten an die weiße Wand auf dem Gang zu malen. Und genau das machten sie jetzt.

„Aber Herr Lengner", versuchte Mirco ihn zu beruhigen. Das ist überhaupt nicht verboten. Haben Sie die neuen Hausregeln noch nicht gelesen?"

„Wie bitte?", fragte der Hausmeister verdutzt.

Wenig später stand er mit den Kindern neben der Haustüre und staunte nicht schlecht. Tatsächlich hing dort eine zweite Tafel. Und auf der standen eine ganze Menge neuer Hausregeln:

1. Vor jeder Wohnungstüre müssen Blumen stehen. Sie sollen möglichst auf einem hübschen Tischchen abgestellt werden.

2. Musik darf überall gehört werden. Punkt 8 der Hausregelordnung 1 tritt außer Kraft.

3. Hausaufgaben dürfen auf den Gängen erledigt werden. Vorbeikommende Erwachsene müssen den Kindern dabei helfen.

4. Die Wände in den Gängen müssen schön bemalt werden. Nach der Bemalung ist auf Punkt 7 der ersten Hausregelordnung zu achten.

5. Punkt 2 der Hausregelordnung tritt außer Kraft. Hunde und andere Tiere dürfen sich auf den Gängen frei bewegen. Auf Sauberkeit muss dabei geachtet werden.

„D-d-d-das stimmt doch alles nicht!", rief Herr Lengner erbost. Sein Kopf lief wieder rot an vor Wut und er knallte seine Mütze auf den Boden. „Wer hat das hier hinge-hängt?", rief er ganz laut.

Frau Kramer, die im Erdgeschoss wohnte, streckte ihren Kopf aus der Türe und fragte verwirrt: „Was ist denn hier los?" Sie war ca. 50 Jahre alt, sehr nett und lebte alleine in der größten Wohnung des Hauses.

„Wir haben eine neue Hausordnung. Aber Herr Lengner will es nicht glauben", sagte Mirco.

„Eine neue Hausordnung?" Frau Kramer war verwundert und trat näher. Sie las alle Punkte und schmunzelte dann ein wenig. „Sehr gute Ideen, muss ich sagen."

Gerade kam auch Herr Lohr von der Arbeit. Er sah die Kinder, Herrn Lengner und Frau Kramer fragend an und las dann die Haus-ordnung. „Punkt 1 finde ich etwas seltsam. Aber Punkt 4 ist eine gute Idee. Ich mochte die tristen weißen Wände hier noch nie be-sonders."

„Was mochten sie noch nie besonders?",
fragte Tom aus dem fünften Stock.

Herr Lohr sagte nichts. Er deutete nur auf
die neuen Hausregeln. Er konnte den jungen
Mann nicht besonders gut leiden, weil er
immer zerrissene Jeans und ausgewaschene
T-Shirts anhatte, während Herr Lohr bestens
gekleidet war. Vor allem in der Arbeit trug
er stets Anzug und Krawatte, aber auch in
der Freizeit hatte er recht edle Sachen an.
Außerdem glaubte Herr Lohr, dass Tom ein
fauler Student sei. Immer wenn Herr Lohr
um 17.00 Uhr von der Arbeit kam, hüpfte
ihm nämlich Tom entgegen und sah aus, als
wäre er gerade aufgestanden. Es gab noch
ein paar andere Kleinigkeiten, die Herrn
Lohr an Tom störten. Jedenfalls waren sie
nicht gerade die besten Freunde. Vor allem
wenn Tom die Musik sehr laut aufdrehte,
wurde Herr Lohr sehr wütend. Schließlich
hauste er direkt unter ihm.

„Cool", rief Tom jetzt. „Da brauch ich ja
meine Ratte Egon gar nicht mehr zu verstecken. Er holte eine kleine Ratte aus dem
Ärmel seiner Jacke.

„Iiiihhhh!", kreischten die anderen.

„Tun sie sofort die Ratte weg!", schrie der Hausmeister.

Doch es war schon zu spät. Frau Kramer fiel in Ohnmacht und Tom konnte sie gerade noch auffangen, ehe sie zu Boden ging. Frau Kramer kam auch gleich wieder zu sich. Aber in diesem Augenblick machte sich Toms Ratte selbstständig und lief Frau Kramer mitten übers Gesicht. Das war zu viel für Frau Kramer. Sie fiel gleich nochmal in Ohnmacht und diesmal dauerte die Ohnmacht etwas länger an.

Nach und nach kamen die Leute von der Arbeit. Zunächst traten die Nachbarn von Herrn Lohr namens Frau Hutter und Herr Hutter hinzu, die ebenfalls im vierten Stock wohnten. Frau Hutter war im Gegensatz zu ihrem Mann kugelrund. Mirco mochte sie sehr gerne. Manchmal backte sie nämlich Kuchen und brachte ihn vorbei. Dann lächelte sie, sah ihn durch ihre Brille mit ihren gütigen Augen an und sagte zu seiner Mutter: „Geben Sie Mirco ein besonders großes Stück."

Auch Frau Blaschle mit ihrer Tochter Miriam und Herr Roller mit seinem Sohn

Kai, die alle im zweiten Stock wohnten, hatten inzwischen mitbekommen, dass es neue Hausregeln gab. Sie lasen sie voller Verwunderung durch.

Tom hatte inzwischen seine Ratte wieder versteckt und Frau Kramer war aus ihrer Ohnmacht erwacht. Als Familie Lennert und Familie Gürkan aus dem ersten Stock das Haus betraten, hatten sie Schwierigkeiten, die Türe zu öffnen. Neben der Haustüre und teils auch davor standen nämlich eine Menge Leute, die munter miteinander redeten, diskutierten und sich manchmal auch amüsierten.

Nach und nach aber löste sich die Menschenmenge auf und es kehrte wieder etwas Ruhe ein.

Herr Lengner versuchte, die Hausbesitzerin, Frau Lemper, telefonisch zu erreichen. Aber die sei auf die Bahamas gereist, hieß es. Ihr Anrufbeantworter sagte, dass sie erst wieder in ein paar Wochen wieder zu erreichen sei. Also musste Herr Lengner wohl oder übel die neuen Hausregeln erst einmal akzeptieren.

Grinsend malten Mirco und Regina daher weiter ihren schönen Elefanten an die weiße Hauswand. Und am nächsten Tag halfen Milan und Rosina Lennert mit, einen Tiger und ein paar Vögel dazuzuzeichnen. Rosina war eine gute Vogelkennerin. Überhaupt kannte sie sich mit allem hervorragend aus, was mit der Natur zu tun hatte. Ihr zwei Jahre jüngerer Bruder Milan malte ganz bunte Vögel.

„Diese Art von Vögel gibt es ja gar nicht", kritisierte ihn seine dunkelhaarige Schwester.

„Jetzt vielleicht noch nicht. Aber in hundert Jahren werden sicher überall solche Vögel sein", beteuerte Milan und grinste. Regina war sich nicht sicher, ob er das tatsächlich glaubte. Allerdings fand sie die bunten Vögel gar nicht schlecht. Nur der Schnabel sah etwas seltsam aus.

„Deine Vögel haben ja Lippen statt Schnäbel", sprach Mirco aus, was die Anderen dachten.

Milan ließ sich nicht aus der Ruhe bringen. „In hundert Jahren HABEN die Vögel Lippen", beteuerte der Blondschopf.

Am übernächsten Tag trauten sich auch Aische und Osman Gürkan, den Pinsel zu schwingen. Sie malten einen Tisch mit braunen Teilen darauf.

„Was soll das sein?", fragte Mirco etwas verwundert. „Baklava", antwortete Aische. „Das ist ein Gebäck aus Blätterteig und Pistazien."

„Und das soll schmecken?" Mirco rümpfte die Nase.

„Das ist soooo gut!", rief Aische. „Magst du mal probieren?", fragte sie.

Dann packte sie Mirco bei der Hand und führte ihn in ihre Wohnung, um Baklava zu probieren. Mirco mochte Aische. Sie sah immer aus, als käme sie gerade aus dem Strandurlaub, so braungebrannt war sie. Und sie hatte fast immer gute Laune. Ihr Bruder sah ihr zum Verwechseln ähnlich, nur dass er keine langen Haare hatte.

Aische wollte Mirco und die anderen Kinder eigentlich nur probieren lassen. Aber Mirco mampfte gleich sechs dieser leckeren süßen Teile auf einmal auf. Mit vollem Munde sagte er so etwas wie: „Mpfngrhfn."

„Wie bitte?", fragte Regina.

„Mpfngrhfn."

„Und was soll das heißen?", fragte Aische.

„Er sagt, dass es hervorragend schmeckt", übersetzte Regina die Worte ihres Freundes.

„Ach so", entgegnete Aische. Dann stopften sie sich alle Baklava in den Mund und redeten miteinander.

„Brmpfkjdgs."

„Klmö frsds."

Sie alberten herum, bis auch das letzte Krümelchen dieser türkischen Spezialität verspeist war.

Ein wundervolles Haus

Am nächsten Tag stand vor Frau Hallbauers Wohnung ein kleines weißes Tischchen und darauf befanden sich wunderschöne rote Rosen. Regina schmunzelte: „Die hat sie bestimmt von ihrem Verehrer geschenkt bekommen."

„Wer ist denn ihr Verehrer?", fragte Mirco.

„Na, Herr Lohr!", sagte Regina und schüttelte den Kopf. Sie schnalzte mit der Zunge und sagte: „Jungs! Sind mal wieder blind für alles um sie herum!"

„He! Wir sind halt keine solchen Tratschtanten wie ihr Mädchen!", feixte Mirco.

„Wir sind keine Tratschtanten! Wir sind aufmerksam und beobachten gründlich, was um uns herum geschieht." Regina hob den Kopf, sodass ihre Nase etwas höher als gewöhnlich war, verschränkte die Arme und sah Mirco aus den Augenwinkeln heraus an.

„Red nicht so gestochen daher! Sag halt wie es ist: Ihr Mädchen müsst eure Nase einfach in alles stecken, stimmt´s?" Mirco grinste frech.

Regina plusterte sich auf. „Jetzt reicht es aber! Nur weil ihr Jungs euch um überhaupt nichts schert, sind wir noch lange keine Nasereinstecker!"

Mirco lachte „Nasereinstecker – das ist eine gute Bezeichnung für euch Mädels."

Die beiden neckten sich noch eine Weile. Dann aber kam Cora angelaufen und wollte ein wenig gestreichelt werden. Seit die neuen Hausregeln galten, durfte sie draußen auf dem Gang sein, wenn ihr Frauchen nicht da war. Und seitdem heulte sie nicht mehr vor sich hin, weil auf dem Gang immer etwas los war. Entweder die Kinder spielten zusammen mit ihr oder Reginas Mutter streichelte die Hündin oder Mircos Eltern widmeten sich ihr. Meist lag das Tier in einem Korb neben dem Tischchen mit den Blumen und beobachtete, was auf dem Gang vor sich ging. Aber manchmal spielte es auch mit den Kindern. Cora konnte Reginas roten Ball hervorragend mit der Schnauze fangen und weiterwerfen.

Das Leben im Haus hatte sich sehr verändert, seit die neuen Hausregeln galten. Überall standen Blumen herum und die Wände waren inzwischen alle wunderschön bemalt. Auf dem dritten Stockwerk hatten die Kinder eine Urwaldlandschaft mit Baklava – Tisch gemalt.

Das Erdgeschoss hatte Frau Kramer bemalt. Sie wollte früher einmal Künstlerin werden. Leider hatte sie sich den Traum aber nie erfüllt und arbeitete jetzt in einer Anwaltskanzlei. Da musste sie viel am Computer arbeiten und Sachen schreiben über die Leute, die mit Anderen stritten. Das machte ihr eigentlich keinen Spaß, aber sie verdiente

Geld damit und das brauchte sie nun mal zum Leben. Das Bemalen der Wände aber machte ihr eine Menge Spaß. Und so malte sie berühmte Bauwerke aus aller Welt an die weißen Wände. Wenn man nun den Gang entlang ging, konnte man den Eiffelturm, das Brandenburger Tor, die Freiheitsstaue und das Kolosseum besichtigen.

Herrn Rollers kleiner Sohn Kai sagte immer: „In Pitalin fahren"

„Nach Italien möchtest du fahren?", wiederholte dann Herr Roller die Worte seines Sohnes in verständlicher Sprache. Und dann wanderte er in das Erdgeschoss und tat so, als würde er Paris, Berlin, New York und Rom besuchen. Manchmal nahm Kai sein kleines rotes Plastikauto mit. Er rief „Brumm, brumm" durch den Gang und sagte immer, wenn er an einem der aufgemalten Bauwerke vorbei kam: „Jetzt in Pitalin, jetzt in Flankleich, jetzt in Deutsche, jetzt in Use." Mit Use meinte er die USA.

Den ersten Stock hatten Milan, Rosina, Aische und Osman bemalt. Aber die Idee dazu hatten Mirco und Regina geliefert. Die beiden hatten nämlich wieder einmal gezankt, ob Mathe oder Deutsch wichtiger war. Und während die beiden sich eine heftige Diskussion lieferten, malten die Kinder: Die eine Seite wurde die Mathe-Seite. An ihr befanden sich Kreise, Dreiecke, Vierecke, Zahlen und Rechenzeichen. Die andere Seite wurde die Deutsch-Seite. Lauter verschieden bunte und unterschiedlich große Buchstaben zierten hier die Wand.

Am lustigsten sah der Gang im zweiten Stock aus. Die Kleinkinder von Frau Blaschle und Herrn Roller hatten sich hier ans Werk gemacht. Miriam war gerade eben fünf geworden und malte eine Menge hübscher Tiere an die Wand: Katzen, Hunde, Tiger, Vögel. Freilich zeichnete Miriam die Tiere auf ihre Weise. Die Katze zum Beispiel hatte einen Bauch wie ein Schwein. Daran hingen vier dünne Stäbe. Das sollten die Füße sein. Der Kopf hatte einigermaßen die gleiche Form wie jener der Katze. Doch die Ohren waren so groß wie die eines Elefanten, jedoch in Dreiecksform.

Herrn Rollers Sohn Kai verewigte seine Hände zwischen den Riesenohrschweinkatzen und dem anderen Getier. Herr Roller hatte in eine große Schüssel Farbe gegossen. Kai hatte seine Hände darin eingetaucht und sie dann an die Wand gedrückt. Leider drückte er sie in einem unbeobachteten Augenblick auch auf den Boden und an das Fenster. Herr Roller war nur kurz in seiner Wohnung verschwunden und als er wieder kam, sah er das Unglück. Und genau in diesem Augenblick bemerkte auch Herr Lengner das Malheur. Mit offenem Mund standen beide da, während der kleine Kai lachend auf den Hausmeister zulief und seine bunten Hände auf seine Hose klatschte.

Herr Lengner war von der künstlerischen Gestaltung auf seiner Hose allerdings nicht allzu begeistert.

Streit um den Präsidenten

Obwohl Herr Roller versuchte, alle Spuren auf Fenster und Boden zu entfernen, sah ihn Herr Lengner eine Weile nicht mehr an. Ja, er grüßte ihn nicht einmal mehr. Das war Herrn Roller sehr unangenehm. Er wollte am liebsten mit allen Menschen gut auskommen. Regina und Mirco mochten ihn sehr gerne, weil er immer freundlich und verständnisvoll ihnen gegenüber war. Rührend kümmerte er sich um seinen kleinen Sohn Kai alleine, seit seine Frau vor zwei Jahren bei einem Autounfall verstorben war.

Als Regina mitbekam, dass Herr Lengner sich so bockig verhielt, wurde sie wütend. „Nur wegen ein bisschen Farbe auf der Hose und im Gang führt der sich so auf!", schimpfte sie.

Mirco nickte zustimmend. „Wie kann man nur so kleinlich sein!"

Noch zwei Leute im Haus grüßten sich nicht mehr: Tom und Herr Lohr.

Alles fing damit an, dass Tom meinte, er müsse seine Ratte mit dem Namen „Präsident" sowohl auf den Wänden des vierten Stockwerkes als auch auf den Wänden des fünften Stockwerkes verewigen. Die Hutters hatten nichts dagegen, dass er ihren Gang bemalte. Aber Herrn Lohr hatte Tom nicht gefragt, da dieser schon in der Arbeit war, als er sich am Morgen ans Werk machte. Und so malte Tom eine riesige fette graue Ratte direkt neben die Wohnungstür von Herrn Lohr. Als nun dieser von der Arbeit nach Hause kam, hätte ihn beinahe der Schlag getroffen. „Wer war das?", brüllte er durch den Flur. Herr und Frau Hutter kamen aus ihrer Wohnung und mussten lachen.

„Ich finde, die Ratte sieht gut aus!", sagte Frau Hutter.

„Ja, fast so wie die von Tom", grinste Herr Hutter.

„Sieht aus, als würde sich die Ratte daran machen, ihre Wohnung aufzufressen!", meinte Frau Hutter. Die Ratte hatte nämlich tatsächlich ihren Mund geöffnet und schien in die Haustüre von Herrn Lohrs Wohnung zu beißen.

„Das ist eine Unverschämtheit! Das war doch dieser Typ aus dem fünften Stock! Was erlaubt sich dieser Lotterkerl eigentlich?", schrie Herr Lohr und fuchtelte mit dem Finger wild in der Gegend herum.

„Aber Herr Lohr", versuchte ihn Herr Hutter zu beeinflussen, „so beruhigen sie sich doch. Wenn ihnen die Ratte nicht gefällt, machen wir eben einen Elefanten daraus. Das dürfte kein Problem sein."

Doch Herr Lohr ließ sich nicht beruhigen. Im Gegenteil: Er stapfte die Treppen in den fünften Stock hinauf. Dort erwarteten ihn wieder Ratten. Diesmal waren es viele kleine „Präsidenten". Herr Lohr klingelte bei Tom Sturm. Verschlafen öffnete dieser. Dann ging ein wildes Donnerwetter zwischen den beiden Männern los. Die Herren schrien sich so laut an, dass das ganze Haus im fünften Stock zusammenlief. Alle standen sie um die beiden herum und lauschten den netten Worten, die sich die Herren an den Kopf warfen.

„Sie Wändebeschmutzer!", schrie Herr Lohr.

„Sie Spieser!"

„Sie Rhinozerus!"

„Sie Geier!"

„Sie unterbelichteter Schafskopf!"

„Sie Oberhornochse!"

Die beiden holten kurz Luft. Die Pause nutzte Miriam um zu fragen: „Mama, was ist das, ein Oberhornochse? Kann der auch Milch geben wie eine Kuh?"

Die Umstehenden grinsten. Dann ging es weiter mit dem Geplärre.

„Wenn sie noch einmal die Wände in unserem Stockwerk anrühren, dann....dann....", Herr Lohr suchte nach Worten, „dann verklage ich sie!"

„Sie können mich gar nicht verklagen", schnauzte Tom ihn an, „In den Hausregeln steht nicht, dass man nur sein eigenes Stockwerk anmalen darf."

„So? Dann muss man es hineinschreiben. Ich frage mich sowieso, wer diese bescheuerten Regeln erfunden hat. Was hat sich Frau Lemper überhaupt dabei gedacht?", rief Herr Lohr. Seine anfänglich positive Meinung zu den Regeln hatte sich schlagartig geändert.

„Ich glaube nicht, dass die Hausbesitzerin die Regeln aufgestellt hat", flüsterte Mirco Regina zu. Die sah ihn prüfend an. Hatte Mirco etwa das zweite Plakat geschrieben?

Konnte er so schön und sauber mit dem PC Regeln schreiben?

Die gutmütige Frau Lennert rückte ihre Brille zurecht, zog ein paar ihrer blonden Locken in die Länge und meldete sich schließlich zu Wort. „Ich finde die Regeln gar nicht so blöd", sagte sie. Und ein paar andere Leute stimmten ihr zu. „Unser Haus ist viel schöner geworden, seit es diese Regeln gibt. Schauen sie sich doch nur einmal das Kunstwerk von Frau Kramer an. Es sieht doch wirklich wunderschön aus."

Frau Kramer wurde ganz rot im Gesicht. Sie lächelte Frau Lennert dankbar an.

„Ach und das Geschmiere im zweiten Stock soll wohl auch schön sein?", schimpfte Herr Lohr.

Im nächsten Moment trat Frau Hallbauer wütend aus der Menge hervor: „Moment, Egon, jetzt gehst du aber zu weit. Was soll denn das? Führ dich doch nicht so auf hier!" Sie hatte rote Flecken im Gesicht vor Aufregung. Es war ihr sichtlich peinlich, dass der Mann mit dem Vornamen Egon sich so verhielt.

„Siehst du!", raunte Regina Mirco zu, „Ich habe dir gesagt, dass die beiden ein Paar sind. Keiner im Haus nennt Lohr beim Vornamen. Ich wusste überhaupt nicht, dass er Egon heißt." Mirco zog als Antwort eine Grimasse.

Miriam und Kai ahnten zum Glück nicht, dass Herr Lohr mit dem „Geschmiere" ihre Riesenohrschweinkatzen und ihre Händeabdrücke meinte. Ihnen war nämlich nicht klar, dass das der zweite Stock war, in dem sie wohnten. Dazu waren sie noch zu klein. Aber Frau Blaschle und Herr Roller missbilligten Lohrs Angriff auf ihre Kinder. Sie schüttelten beide den Kopf und flüsterten ein paar böse Worte vor sich hin. Dann streichelten sie ihre Kinder, als bräuchten die Trost. Dabei war denen doch gar nicht klar, worüber die Erwachsenen so genau stritten.

Frau Hallbauer war das Ganze wirklich sehr peinlich. Sie schob Herrn Lohr, der sie mit offenem Mund anstarrte, von der Menge weg, zog ihn die Treppen hinunter und verschwand mit ihm in seiner Wohnung. Als sie ging, sagte sie zu den anderen: „Ich werde versuchen, den Mann zur Vernunft zu bringen." Und Tom zugewandt meinte sie ungehalten: „Und Sie fuhrwerken besser nur auf ihrem Stockwerk herum!"

So war der erste Streit um die neuen Regeln entbrannt. Herr Lengner fühlte sich bestätigt in seiner Meinung, dass diese Regeln absoluter Unsinn waren. Er stellte sich immer noch die Frage, ob wirklich Frau Lemper dafür verantwortlich war. Hatte sie vor ihrem Verschwinden auf die Bahamas tatsächlich den Auftrag dazu gegeben?

Unerwartete Hausaufgabenhilfe

Am nächsten Tag hing ein Zettel neben der Nummer 4 der neuen Hausregeln:

Jeder bemalt nur die Wände des Stockwerkes, in dem er wohnt.

Der Hinweis war auch mit dem Computer getippt worden, aber die Schrift war eine andere als bei der Hausregelordnung.

Herr Lengner wusste, dass diese Regelergänzung sicher nicht auf Frau Lemper zurückging. Doch er hielt diesen Zusatz für sinnvoll und so ließ er ihn hängen.

Frau und Herr Hutter bemühten sich, aus der Riesenratte einen Elefanten zu machen. Der Elefant war zwar etwas mehr als Elefant zu erkennen als Miriams Riesenohrschweinkatzen als wirkliche Katzen, aber so richtig „elefantisch" war er nicht. Dazu waren seine Beine zu kurz und seine Ohren zu spitz.

Auf den Gängen hatten inzwischen viele Leute kleine Tische aufgestellt und es standen hübsche Blumen überall. Ab und zu duftete es nach Baklava oder nach Rohrnudeln oder nach Marmorkuchen. Dann hatten Frau Blaschle, Frau Kramer, die Hutters, Familie Gürkan oder sonst wer gebacken. Sie stellten ihre Backwaren mitten auf die Gänge, sodass jeder vorbeikommen und sich ein Stück nehmen konnte. Auf diese Weise verweilten auch die Erwachsenen manchmal länger in den Gängen und kamen miteinander in Kontakt. Sie unterhielten sich über vielerlei Dinge, lachten und freuten sich gemeinsam. Sogar Herr Lengner stellte sich öfter mal dazu. Mit Essen konnte man ihn immer locken und an und für sich war er durchaus ein geselliger Typ, wenn er nicht gerade seine Hausmeisterrolle spielen musste. Mit Herrn Roller hatte er sich auch bald wieder ausgesöhnt.

Nur Herrn Lohr sah man selten im Flur stehen. Niemand wusste so genau, ob er Baklava, Rohrnudeln und Marmorkuchen einfach nicht mochte oder ob es sonst einen Grund hatte. Vielleicht wollte er auch nur seine Ruhe haben.

Der fünfte Stock war ganz leer geblieben. Hier standen keine Blumen und keine Stühle oder Tische. Dieses Stockwerk war sozusagen die „Turnhalle" der Kinder. Hier konnten Regina und Mirco Ball spielen, Milan mit seinem Waveboard fahren, Aische mit Rosina Federball spielen oder alle zusammen den Fußball hin und her schießen.

Tom, der hier oben alleine wohnte, hatte nichts dagegen, wenn die Kinder mal den Ball gegen seine Wohnungstür knallten oder ein bisschen lauter herumschrieen. Nur manchmal, wenn er gerade für eine Prüfung lernen musste, bat er die Kinder, leiser zu sein. Aber das war kein Problem. Dann spielten die Kinder halt etwas anderes oder gingen nach draußen. Hin und wieder gesellte er sich auch zu ihnen. Tom befestigte einen Basketballkorb vor seiner Wohnung und so konnten sie gemeinsam Basketball spielen. Herr Lohr kam zum Glück erst immer recht spät von der Arbeit, sodass der Kinderlärm im Stockwerk über ihm ihn nicht störte, weil spätestens um sieben Uhr jeder in seiner Wohnung war. Nur am Donnerstag kam er früher von der Arbeit. Das wussten die Kinder schon und vermieden es daher, nach 16.00 Uhr noch zu spielen.

Die Hutters hingegen mochten es, wenn man Leben im Haus spürte. „Jetzt haben wir das Gefühl, wir hätten selber Kinder", sagte Frau Hutter einmal. Sie hätte gerne eigene Kinder gehabt, konnte aber keine bekommen.

48

Es war ein Donnerstag, an dem Regina und Mirco mit ihren Hausaufgaben einfach nicht weiterkamen. Sie saßen fast den ganzen Nachmittag da und grübelten herum.

„Das ist echt so schwer! Was hat sich Frau Lila nur dabei gedacht?", stöhnte Mirco. Er war ja eigentlich ein Mathe-As, aber an dieser Aufgabe biss auch er sich die Zähne aus. Sie sollten Zahlenreihen weiterführen, aber die hatten es in sich.

Die Kinder starrten auf ihr Blatt.

Führe die Zahlenreihe weiter.

A, 2, 6, 4, 8, 5...
B, 1 8 9 2 2 7 9 3

„Nein, das stimmt auch nicht!", fluchte Mirco, der sich gerade wieder eine Lösungsvariante zurecht gerückt hatte.

„Weißt du was?", sagte Regina und schlug ihr Heft zu, „ich zeig das abends meiner Mam!"

„Was zeigst du abends deiner Mutter?"

Regina und Mirco erschraken. Die tiefe Männerstimme sprach so plötzlich mit ihnen, dass sie zusammenzuckten. Der Herr im Anzug wirkte fast ein wenig bedrohlich. Die Kinder sahen zu ihm auf. Er stellte seine Aktentasche auf dem Boden ab.

„Die Hausaufgaben zeige ich abends meiner Mam", erklärte Regina nun. „Die sind nämlich wirklich schwer."

„So?" Der Mann im Anzug setzte sich und schnappte sich das Heft. „Na, dann zeig mal her." Eine Weile war es still im dritten Stock. Der Mann im Anzug runzelte die Stirn. Die Kinder sahen ihm beim Nachdenken zu. Dann plötzlich sagte er: „So schwer ist das doch gar nicht. Schaut mal her!" Er begann in aller Ruhe die Logik dieser Zahlenreihen zu erklären. Mirco ging bald ein Licht auf. Regina brauchte länger, aber Herr Lohr erklärte ihr mit unendlicher Geduld die Lösung, bis sie diese schließlich auch kapierte.

„Vielen Dank", sagten die Kinder, erstaunt über Herrn Lohrs wohltuende Hilfe. Sie hatten ihn bisher für einen steifen Wichtigtuer gehalten. Aber das änderte sich nun.

„Keine Ursache! Habe ja nur Regel Nummer 3 der neuen Hausordnung beachtet." Er zwinkerte ihnen zu und ging seines Weges.

„War das jetzt wirklich unser Herr Lohr?",
fragte Regina Mirco ungläubig, als er weg
war.

„Offenbar", nickte Mirco und schaute dem
Mann im Anzug nach.

„So übel ist der gar nicht", grinste Regina.

„In jedem steckt etwas Gutes", fügte Mirco
ihren Worten hinzu.

Fortan half Herr Lohr den Kindern öfter bei
den Hausaufgaben. Er kam jetzt vielmals
etwas früher von der Arbeit als Mircos und
Reginas Eltern und er hatte offenbar Freude
daran, möglichst kniffelige Aufgaben zu
lösen. Manchmal brachte er extra schwierige
Aufgaben mit und bat die Kinder, diese zu
bearbeiten. Dann verdrehte Regina die Augen. Mirco aber hatte Spaß daran, sich rein-
zuhängen und die Knobeleien zu lösen. Ab
und zu saß er mit Herrn Lohr da und knobel-
te mit ihm um die Wette. Regina suchte
meist das Weite und spielte mit den anderen
im fünften Stock. Oder sie beaufsichtigte
Miriam und Kai. Die beiden liebten es, mit
ihren kleinen Plastikautos den Gang entlang
zu rasen.

So war Leben ins Haus gekommen. Die Leute halfen zusammen, redeten viel mehr mit dem Anderen und hatten Spaß miteinander.

Tolle Idee

„Bravo", lobte Frau Lila Mirco ein paar Tage nachdem sie die kniffligen Zahlenreihen aufgegeben hatte. Noch einmal hatte sie den Kindern eine sehr schwierige Aufgabe zugemutet. Und nun war sie erstaunt, dass Mirco diese Knobelaufgabe als Einziger lösen hatte können.

„Wahrscheinlich hat dein Papilein die Aufgabe gelöst, oder?" Tira schnaubte verächtlich. Sie war ebenfalls ein Mathegenie wie

Mirco. Und sie wollte immer ein wenig besser sein als er. Jetzt war sie neidisch.

„Nein, der hat mir nicht geholfen. Nicht einmal Herr Lohr hat mir geholfen."

Mirco lächelte stolz.

„Herr Lohr? Wer ist das?", wollte Frau Lila wissen.

„Herr Lohr hilft uns immer bei den Hausaufgaben, wenn wir ein Problem haben", erklärte Regina jetzt.

„So? Kommt der zu euch nach Hause?"

„Na ja, der wohnt bei uns", meinte Regina.

„Der wohnt bei euch?"

„Also auf unserem Gang."

Die Kinder und die Lehrerin wunderten sich. Da wohnte ein fremder Mann in Reginas Wohnung auf dem Gang? Schlief er denn auf dem Boden? Warum wohnte er auf dem Flur?

„Habt ihr auf dem Gang ein Bett für ihn aufgestellt?", fragte Katja das, was die anderen dachten.

„Unsinn. Er kommt halt auf dem Flur vorbei und setzt sich zu uns."

Der fremde Mann ging also in die Wohnung, setzte sich hin, machte Hausaufgaben und ging dann wieder?

Die Kinder hatten Fragezeichen im Gesicht.

„Es ist so: Unser ganzer Wohnblock ist jetzt eine richtige Gemeinschaft. Wir haben neue Hausregeln, und die sind echt super! Die Wände in den Gängen sind wunderschön bemalt. Und überall stehen Blumen und Tische. Wir können im fünften Stock spielen. Und in den anderen Stockwerken können wir zum Beispiel unsere Hausaufgaben machen. Und wenn wer vorbeikommt, dann hilft er uns bei den Hausaufgaben. Herr Lohr kann Mathe besonders gut. Er ist zwar ein bisschen ein Griesgram, aber in Mathe ist er richtig gut."

Frau Lila staunte: „Das ist ja eine tolle Idee! Und wer hat die neuen Hausregeln gemacht?"

„Tja", sagte Regina, „Das wissen wir auch nicht so genau. Aber sie sind wirklich spitze."

„So ein Haus hätte ich auch gerne", sagte Karl. „Bei uns muss man immer ganz leise sein. Und auf dem Gang etwas zu spielen wäre undenkbar!"

Vivien meldete sich zu Wort. „Na ja, irgendwie versteh ich das aber schon. Schließlich stört es einfach, wenn draußen auf dem Gang Lärm ist und man in der Wohnung Hausaufgaben machen möchte."

„Aber dann kann man ja sagen, dass die anderen leise sein sollen", argumentierte Svenja.

Bald entbrannte eine rege Diskussion, ob die neuen Hausregeln nun gut oder schlecht waren. Aber die meisten Kinder beneideten Regina und Mirco um die tolle Hausgemeinschaft. Fast alle Kinder der Klasse lebten in Hochhäusern. Das Stadtviertel bestand nahezu ausschließlich aus Wohnblöcken und die Leute, die hier wohnten, waren nicht besonders reich.

„Es gibt doch auch Schulregeln", sagte Liliana nach einer Weile.

„Ja, die gibt es", entgegnete Frau Lila. Sie ahnte worauf Liliana hinaus wollte.

„Könnte man die nicht ebenfalls ändern. Ich finde zum Beispiel, dass die Aula echt hässlich ist", sagte das Mädchen. Sofort stimmten ihr ein paar andere Kinder zu.

„Wir könnten sie eigentlich auch anmalen", meinte Mirco schließlich.

Die Kinder waren begeistert von der Idee. Sie überlegten gleich, wie sie die Aula gestalten wollten.

„Eine Schneelandschaft wäre gut. Die würde jetzt wunderbar passen", meinte Carlotta. Sie liebte den Winter.

„Und was machst du im Sommer? Da passt sie nicht mehr", wandte Katja ein.

„Ich fände ein großes Zirkuszelt schön", schwärmte Karl. Er wollte später einmal Löwendompteur werden.

„Das ist blöd", meinte Svenja und ein paar andere Kinder stimmten ihr zu.

„Das ist überhaupt nicht blöd!", protestierte Karl.

„Ein Fußballfeld wäre klasse!", schrie Hannes. Ein paar andere Kinder schrieen mit ihm. Die Diskussion geriet etwas außer Kontrolle, weil jetzt jeder einfach nur noch reinschrie, was er gerne haben wollte. „Fußballfeld", „Zirkus", „Schneelandschaft" tönte es wild durcheinander.

„Stopp!" übertönte Frau Lila das Geplärre der Kinder. Doch es war schon zu spät. Die Rektorin hatte bereits den Kopf zur Tür herein gesteckt und fragte ärgerlich: „Was ist denn hier los? Muss das so ein Lärm sein? Wir schreiben gerade eine Probe!"

Frau Lila lief rot an. Nur der freche Mirco sagte: „Steht das in den Schulregeln, dass die eine Klasse still sein muss, während die andere eine Probe schreibt?" Kaum hatte Mirco das letzte Wort gesprochen herrschte Totenstille. Das Gesicht der Rektorin sah mit einem Mal so böse aus, dass die Kinder Angst hatten, sie würde gleich alle auffressen.

Sie ging festen Schrittes zu Mirco und baute sich vor ihm auf. „Nein", meinte sie und beugte sich zu ihm hinunter, „aber das sind halt Regeln des menschlichen Zusammenlebens, dass man Rücksicht aufeinander nimmt."

Mirco mochte die Rektorin nicht besonders. Aber sie hatte nicht unrecht mit dem, was sie sagte. Und so duckte er sich ein wenig und entschuldigte sich ganz leise.

Wer hat das getan?

Am Samstagmorgen standen nahezu alle Hausbewohner entsetzt im Erdgeschoss und sahen fassungslos die Wände an. Nur Herr Lohr und Herr Lengner fehlten.

„Das ist ja entsetzlich!", rief Frau Lennert.

„Wenn eines der anderen Stockwerke so verschmiert worden wäre, wäre es vielleicht nicht ganz so schlimm gewesen", meinte Milan. Aische und Osman nickten.

„Was ist das für ein hirnverblödeter Mensch, der so etwas macht?", schimpfte Rosina.

„Pitalin put", weinte der kleine Kai. „Flankleich put." Er zeigte auf den verschmierten Eifelturm und sagte noch dreimal „Flankleich put."

Herr Roller strich ihm sanft über den Kopf, aber am liebsten hätte er selbst geweint.

„Wer war das nur? Wer war das nur?", rief Frau Hallbauer und sogar ihr Hund Cora heulte auf.

Frau Kramer stand nur die ganze Zeit über mit offenem Mund da und starrte auf den Eiffelturm. Er war mit schwarzen Farbspritzern und –strichen übermalt worden. Man sah nur noch die Spitze und ein paar Ausschnitte aus dem unteren Teil. Tränen liefen jetzt über Frau Kramers Wangen. Herr Lennert, der Regina aufgrund seines Körperbaus und seiner gutmütigen Art immer an einen riesigen Kuschelbären erinnerte, legte den Arm um sie.

„Das war bestimmt unser oller Hausmeister!", schimpfte Herr Hutter plötzlich los. „Wo steckt er eigentlich?"

„Ich glaube nicht, dass er das war!", meinte Herr Gürkan. „Ihm hat die Bemalung von Frau Kramer doch selber gefallen. Die Riesenratte oder besser gesagt die Elefantenratte im vierten Stock findet er nicht schön. Aber die wunderbaren Bauwerke von Frau Kramer haben ihm schon gefallen."

„Ich glaube auch nicht, dass das unser Hausmeister war", meinte Frau Blaschle.

„Dann schon eher Herr Lohr."

„Also hören sie mal", plusterte sich jetzt Frau Hallbauer auf. „Mein Egon", sie räusperte sich und dann fuhr sie etwas leiser fort, „Herr Lohr tut so etwas nicht. Er ist ein korrekter Mensch. Niemals würde er etwas böswillig zerstören.

„Der Lohr ist in Ordnung", kam ihr jetzt Mirco zur Hilfe. Er mochte den etwas steifen Herrn inzwischen ziemlich gern und bewunderte ihn für seine Mathekenntnisse.

In diesem Moment bog Egon Lohr um die Ecke. Er kam wie immer korrekt gekleidet des Weges. Auch wenn heute Samstag war und er nicht zur Arbeit musste, trug er ein gebügeltes Hemd und eine Stoffhose mit Bügelfalte. Bereits am frühen Morgen war er zum Einkaufen gegangen.

„Um Himmels Willen", rief er jetzt entsetzt. Sein Korb fiel ihm abrupt aus der Hand und kippte um. Ein paar Dosen und Päckchen fielen heraus. Tomaten rollten über den Boden. Er war genauso vor den Kopf gestoßen wie alle anderen, als er die Zerstörung des wunderbaren Werkes sah.

Dann wandte er sich mit gerunzelter Stirn an Tom: „Was soll das?"

„Wie bitte?" Tom wusste nicht, wie ihm geschah. Glaubte dieser Herr Lohr tatsächlich, dass er so etwas machte? Er wusste ja, dass Egon Lohr ihn nicht besonders mochte, aber dass er ihm so etwas zutraute!

„Sie waren gestern mit so einer komischen Frau in diesem Gang und haben sich verdächtig lange in diesem Stockwerk aufgehalten!", zischte Lohr. „Ich habe sie gesehen, als ich den Müll hinausgebracht habe. Und ich habe sie immer noch gesehen, als ich mit", Lohr räusperte sich und blickte zu Frau Hallbauer. „Als ich abends noch eine Runde spazieren ging", fuhr er fort.

Tom lachte auf: „Also hören sie mal! Sie meinen doch nicht Romina Blue, mein neues Baby!"

„Uh, Romina Blue", flüsterte Regina amüsiert, „sein neues Baby! Wusste gar nicht, dass er ein Baby hat."

„So nennt er doch nur seine neue Freundin", erklärte Mirco.

„Ach ne!" Regina lachte los. Die anderen sahen sie kurz an, dann wandten sie sich wieder Tom zu.

„Ich weiß nicht, wie dieses seltsame Wesen hieß. Es hatte jedenfalls eine eigenartige Haarwolle auf. Ich traue ihr zu, dass sie so etwas macht!"

„Sie kennen doch Romina Blue überhaupt nicht! Nur weil sie Rasterlocken hat, schmiert sie noch keine Wände voll!" Tom warf seinen Kopf zurück. Seine lockige braune Haarpracht fiel nach hinten.

„Sie hatte aber einen Pinsel in der Hand und einen Farbeimer!", sagte Lohr jetzt.

„Was" und „Oh" und „Ne" riefen die anderen.

Tom lief rot an. „Sie hatte einen Pinsel in der Hand, weil sie auch eine Künstlerin ist, wie Frau Kramer." Tom wandte sich jetzt an Frau Kramer: „Aber Frau Kramer, sie glauben doch nicht, dass ich zulassen würde, dass ihr wunderbares Kunstwerk zerstört wird?"

Frau Kramer wusste überhaupt nicht mehr, was sie glauben sollte.

„Und was wollte sie mit dem Pinsel machen?", bohrte Herr Lohr indessen weiter.

Tom ließ den Kopf fallen und atmete hörbar aus. Dann ging er zum Kolosseum und bückte sich. „O.K., wir haben eine ganz kleine Ergänzung in ihr Bild gemacht, Frau Kramer. Romina Blue meinte, dass es doch im Kolosseum bestimmt Ratten gebe. Wir haben uns ein wenig darüber amüsiert und dann haben wir eine ganz kleine Ratte hier hin gemalt. Sozusagen einen kleinen Präsidenten."

„Ja sind diese Ratten denn überall!", schrie Herr Lohr auf.

Die Ratte sah eigentlich ganz süß aus. Zumindest war es die schönste Ratte im ganzen Haus.

Herr Lengner schaltete sich trotzdem ein und rief erbost: „Das ist nicht erlaubt!"

Tom ging zum Angriff über: „So, wo steht denn, dass das nicht erlaubt ist, eine kleine Ergänzung zu machen? In den Hausregeln auf jeden Fall nicht."

„Es muss doch nicht jeder Mist in der Hausordnung stehen", sagte Lohr.

„Entweder es gibt Regeln oder es gibt keine. Dann müssen sie aber auch genau sein", widersprach Tom.

„Dass man keine Kunstwerke kaputt macht, ist ja wohl eine Selbstverständlichkeit. Dafür braucht man keine Regeln!", brüllte Lohr.

„Ich habe keine Kunstwerke kaputt gemacht!", brüllte Tom noch viel lauter und ging mit hoch rotem Kopf davon. Ob er Recht hatte oder nicht, wusste niemand zu sagen.

Ein unerwünschter Neuzugang

Der Haussegen hing schief und zwar gewaltig. Die Verdächtigungen gingen wild hin und her. Tom ließ sich kaum mehr blicken und Romina Blue schleuste er höchstens spät nachts ins Haus ein.

Zu allem Überfluss zog dann auch noch jemand in das Haus ein, den Mirco und Regina überhaupt nicht leiden konnten: Tira.

Am Samstag, nachdem die Sache mit den verschmierten Bauwerken passiert war, fuhr der Möbelwagen vor. Tira, ihre beiden kleinen Brüder und ihre Mutter zogen ausgerechnet in die freie Wohnung neben Frau Hallbauer.

„Das glaub ich jetzt nicht!", sagte Mirco, als er die Wohnungstür öffnete, um Brötchen für das Frühstück zu holen, und Tira auf dem Gang stand.

„Kannst du glauben oder nicht!", fauchte ihn Tira an. „Ich hab mir die Wohnung hier nicht ausgesucht!" Sie trug ein Kind auf dem Arm, das andere zerrte sie hinter sich her in die neue Wohnung.

Mirco musste sofort bei Regina klingeln. Ihre Mutter öffnete verschlafen die Türe.

„Was willst du denn schon so früh am Morgen, Mirco? Du kannst ja gerne später mit Regina   spielen."

"Bitte lassen sie mich rein, Frau Kleinle!", sagte Mirco aufgeregt. Er verzog sein Gesicht als hätte er Zahnschmerzen. Und so ließ ihn Frau Kleinle herein.

Regina lag noch im Bett. „Hast du gesehen, wer da drüben einzieht?", sagte er aufgebracht zu Regina. Und ohne eine Antwort abzuwarten, fügte er hinzu: „Tira zieht ein. Verstehst du! Der Teufel an sich!"

„Na, jetzt übertreibst du aber ein bisschen, oder?", versuchte ihn Regina wieder zu beruhigen.

„Ich übertreibe gar nicht. Stehst du jetzt vielleicht auf einmal auf ihrer Seite?" Mirco verstand die Welt nicht mehr.

„Nein, natürlich nicht. Sie ist eine blöde Kuh und ich wünschte, ich könnte sie weghexen!", entgegnete Regina. Sie stand auf und streifte sich einen Pullover über den Schlafanzug. Dann fuhr sie fort: „Ich mein ja nur, dass wir ihr eine Chance geben sollten. Sie ist nicht in der Schule und Elo ist nicht da, der sie beeinflusst."

„Na und?"

„Es herrscht einigermaßen Frieden im Haus. Den möchte ich durch unsere Feindseligkeit nicht zerstören."

„Frieden? Na ja, Lohr und Tom sind nicht gerade ein Herz und eine Seele und überhaupt verdächtigt fast jeder jeden, seit Frau Kramers Kunstwerke zerstört worden sind", gab Mirco zu bedenken.

„Das ist etwas anderes. Aber wir Kinder verstehen uns gut. Wir sollten versuchen, Tira mit in unsere Clique zu holen." Regina hielt den Atem an und wartete, was Mirco entgegnen würde.

„Weißt du nicht mehr, wer mir die Schneebälle verpasst hat, sodass ich kotzen musste? He, die ist lebensgefährlich, sag ich dir. Lebensgefährlich!"

Mirco stolperte in seiner Aufgewühltheit über einen herumliegenden Federballschläger, stürzte und schlug sich den Kopf an.

„Ich glaube, du bist für dich selber lebensgefährlich", konnte sich Regina das Lachen nicht verkneifen, tröstete aber dann gleich den Freund.

„Die soll hier wieder ausziehen. Ich mach der die Hölle heiß, damit sie wieder auszieht!", schimpfte Mirco. „Und wenn du mir nicht hilfst, mach ich das alleine."

„Und wie willst du das machen?", fragte Regina. Sie verdrehte die Augen.

„Da fällt mir schon was ein, keine Angst!"

In der darauffolgenden Nacht wachten Mirco, Regina, deren Eltern und Frau Hallbauer von einem lauten Geheule auf. Die beiden kleinen Brüder von Tira schrieen um die Wette. Der ganze dritte Stock versammelte sich und klingelte mitten in der Nacht bei Tira.

„Hören Sie mal", sagte Frau Hallbauer zu Tiras Mutter, „da kann ja kein Mensch schlafen, wenn ihre Kinder so herumplärren."

Tiras Mutter war eine kleine, dunkelhaarige Frau, die sehr schüchtern wirkte. Es war ihr sichtlich unangenehm, dass sie so einen Aufruhr erzeugte.

„Simon und Peter haben große Probleme, ruhig durchzuschlafen. Es tut mir sehr leid. Peter hat in der Nacht oft Bauchweh. Es tut mir wirklich leid. Ich versuche sie zu beruhigen." Geduckt verschwand sie wieder in ihrer Wohnung und nach etwa einer halben Stunde wurde es ruhiger.

In der darauffolgenden Nacht war es dasselbe Spiel noch einmal, nur dass Frau Hallbauer, Mirco und seine Eltern und Frau Kleinle und Regina noch ein bisschen genervter reagierten.

Ziemlich müde und gereizt machten sich die Kinder daher am Montagmorgen auf den

Weg zur Schule. Wie immer gingen Milan, Rosina, Aische, Osman, Mirco und Regina zusammen los. Sie hatten sich wie an jedem Schultag vor der Haustüre versammelt und wollten soeben loslaufen, als Tira erschien. „Kann ich mit euch mitgehen?", fragte sie und wandte sich dabei an Aische und Rosina.

„Nein!", sagte Mirco sofort. Aische und Rosina besuchten die vierte Klasse, Osman und Milan die zweite. Sie verstanden nicht recht, warum Mirco so forsch reagierte. Zwar hatten sie mitbekommen, dass Mirco, Regina und Tira sich nicht besonders verstanden. Aber Aische sah keinen Grund, Tira nicht mitzunehmen. Und so entgegnete sie: „Aber klar kannst du mit uns mitgehen." Mirco schmollte. Er lief ganz vorne weg und redete nicht mit den Anderen, bis sie in der Schule waren.

„He, Mirco", sagte Regina schließlich, „meinst du nicht, dass du es ein wenig übertreibst?"

„Ach, lass mich in Ruhe!", fauchte dieser nur.

Großer Streit

Neben den beiden Hausregeln und dem Zusatzzettel neben dem Hauseingang hing jetzt
noch ein Zusatzzettel.

> In bestehende Kunstwerke an den Wän-
> den darf nicht eingegriffen werden, außer
> die Künstlerin oder der Künstler erlauben
> es.

„Was soll das heißen?", fragte Regina Mirco
mit gerümpfter Nase.
„Das soll heißen, dass man keine Ratten ins
Kolosseum malen darf."
„Und keine schwarze Farbe über den Eiffelturm schütten darf", fügte Milan seine Worte Mircos Erklärung hinzu.
„Wir werden jetzt bald so viel Zusatzzettel
zu den Zusatzregeln haben, dass kein Platz

mehr bleiben wird", meinte Osman und zog eine Grimasse.

Elo und Tira kamen zur Haustüre herein und warfen den anderen Kindern einen Blick zu. Tira grinste Aische freundlich an. Elo verzog hingegen keine Miene.

„Nicht auch noch der!", stöhnte Mirco halblaut.

Als er wenig später in den fünften Stock hinaufkam, um mit den anderen ein wenig Fußball zu kicken, begegnete er Elo und Tira abermals.

„Oh Mann!", zischte er und wollte wieder kehrt machen.

„He, Mirco", rief da Milan, „gut, dass du kommst. Wir wollten eh zwei Mannschaften bilden."

„Mit denen sicher nicht!" Mirco deutete auf Tira und Elo.

„Mann, Mirco, spring über deinen Schatten", sagte Regina.

„Du hilfst also auch zu denen!", sagte Mirco enttäuscht. Er hatte gedacht, Regina hasse die beiden auch, aber offensichtlich war dem nicht so.

„Ich helfe zu überhaupt niemandem", entgegnete das Mädchen. „Mag ja sein, dass die beiden ziemlich viel Mist gebaut haben. Aber jetzt gehören sie nun mal zu unserer großen Hausfamilie und da sollten wir sie auch aufnehmen."

„Hausfamilie? Spinnst du!" Mirco zeigte ihr den Vogel.

Regina schüttelte den Kopf.

Aische kam ihr zur Hilfe: „Hör mal, Mirco. Wir sind doch so etwas wie eine große Familie. Und ihr habt einen riesigen Beitrag dazu geliefert. Ich meine, ihr habt schließlich die neuen Hausregeln erfunden. Stimmt es nicht?"

„Da täuschst du dich aber gewaltig!", zischte Mirco.

„Wenn ich die Hausregeln erfunden hätte, dann stünde da, dass es verboten ist, Tira und Elo ins Haus zu lassen."

„He", schaltete sich Tira ein, „ich gebe zu, dass das mit den Schneebällen nicht in Ordnung war." Sie stupste Elo an, der steif da stand und gar nichts sagte. Auch jetzt schien er wenig Lust zu verspüren, sich bei Mirco zu entschuldigen. Aber Tira gab ihm einen festeren Knuff.

„Wir werden keine Schneebälle mehr auf dich werfen", presste er heraus und dann sagte er noch „Weichei" dazu. Das war zu viel.

Mirco rannte auf Elo zu und warf ihn mit einem Sprung zu Boden. Cora bellte laut und schon ging es los. Elo drehte mit aller Gewalt Mirco auf den Rücken und packte ihn an der Kehle. Mirco rang nach Luft.

„Lass ihn sofort los!", schrie Tira.

Jetzt schlug Mirco mitten auf Elos Nase, sodass dieser zurückwich und von ihm abließ. „Au", rief er laut und kämpfte mit den Tränen.

„Mann Mirco, jetzt lass ihn doch in Ruh", mischte sich nun Regina ein.

Dann packten Osman und Milan Elo, während die Mädchen versuchten, Mirco festzuhalten. So konnten die beiden Streithähne nicht mehr aufeinander losgehen.

„Seid ihr nicht noch blöder!", schimpfte Regina, als beide sich wieder einigermaßen beruhigt hatten. „Streit ist ja recht und schön, aber du hättest ihm beinahe die Nase gebrochen und du ihn beinah erwürgt."

„Manchmal könnte man schon meinen, Jungs haben gar kein Hirn!", pflichtete Tira Regina zu. Die beiden Mädchen verließen miteinander den fünften Stock. Auch die anderen Kinder verschwanden nach und nach. Zurück blieben Elo und Mirco.

„Lass dich hier bloß nicht mehr blicken!", fauchte Mirco Elo an, „Sonst kommt noch was ganz Anderes auf dich zu als ein paar Schneebälle."

Dann ging auch er.

Ein toller Vorschlag

Elo ließ sich tatsächlich nicht mehr blicken. In der Schule ging er Mirco aus dem Weg und auch mit Tira schien er gebrochen zu haben. Das allerdings konnte Mirco verstehen. Seit Tira im Haus war, schien sich Regina nur noch mit ihr abzugeben. Das machte Mirco jeden Tag wütender. Was war plötzlich in sie gefahren, das sie dazu brachte, sich an diese Tira zu hängen. Er war sehr enttäuscht von seiner Freundin.

Bald verzog er sich wieder in seiner Wohnung und erledigte die Hausaufgaben kaum noch auf dem Gang. Eines Tages klingelte Herr Lohr an seiner Wohnungstüre.

Mirco war verwundert darüber. „Herr Lohr? Was wollen sie hier?"

„Oh, ich dachte, ich besuch dich. Du bist nie mehr draußen auf dem Gang und ich würde mal wieder gerne ein bisschen Mathe mit dir machen."

„Tatsächlich?" Dass Herr Lohr das überhaupt bemerkte, dass er nicht mehr auf dem Gang seine Hausaufgaben erledigte, wunderte Mirco schon. Aber dass er sich auch noch abmühte, ihn zu besuchen, konnte er kaum glauben.

Cora kam in die Wohnung gelaufen und Mirco merkte jetzt erst, dass ihm der Hund abgegangen war.

„Außerdem hat Frau Lennert Faschingskrapfen gebacken. Die solltest du probieren."

Es duftete tatsächlich nach Krapfen.

„Ich hab keine Lust auf Krapfen. Und wenn die da ihre Hausaufgaben draußen machen, brauch ich nicht draußen hocken." Er deutete ums Eck. Dort saßen Tira und Regina. Sie tuschelten miteinander und dann winkten sie ihm zu und lächelten ihn an.

„Die sehen aber ganz freundlich aus!", meinte Herr Lohr.

„So wie Tom, oder?"

Mirco hatte ins Schwarze getroffen. Herr Lohr runzelte die Stirn und spitzte die Lippen. „Ich glaube nicht, dass du die Mädels mit diesem Rattenbesitzer und Wändebeschmierer vergleichen kannst."

„Ist bewiesen, dass er die Wände beschmiert hat?"

„Na ja, wer denn sonst?"

Herr Lohr trippelte etwas ungeduldig herum.

„Kommst du jetzt zum Mathe machen, oder nicht?"

„Tut mir leid, Herr Lohr, sie können gerne rein kommen, aber ich komm nicht raus."

„Schade", meinte Herr Lohr. Nun kam auch Frau Hallbauer des Weges. „Um fünf Uhr ist Sitzung", sagte sie unvermittelt.

„Sitzung?" Hatte Mirco etwas nicht mitbekommen?

„Wir haben beschlossen, dass wir uns jetzt jede Woche einmal alle treffen und planen, was wir für die nächste Woche so vorhaben."

„Und wozu?", Mirco klang genervt.

„So halt."

„Und nicht vergessen, einen Stuhl mitzunehmen!", rief Frau Hallbauer noch.

Der Junge war zu neugierig, was denn auf der „Sitzung" besprochen wurde und so erschien er tatsächlich pünktlich um 17.00 Uhr im Erdgeschoss, wo sie sich alle trafen.

Jeder hatte einen Stuhl mitgebracht und so setzten sie sich alle in einer Art „Eiform" in den Gang.

Frau Kramer meldete sich als Erste zu Wort.

„Ich habe beschlossen", sagte sie, „dass ich den Gang wieder schön bemale!"

Die anderen Hausbewohner jubelten.

„Schließlich ist das Haus wirklich viel schöner, seit es bemalt ist und wir uns auf den Gängen treffen und was zusammen essen und miteinander reden. Früher hab ich mich oft sehr einsam gefühlt ich meiner Wohnung. Aber jetzt finde ich, dass wir eine richtig schöne Familie sind. Sie umarmte Herrn und Frau Lennert, die sie besonders lieb gewonnen hatte und grinste über das ganze Gesicht. Die anderen Hausbewohner jubelten. „Eure Bewunderung hat mir sehr gut getan und es war so schön, dass alle „die Welt" im Erdgeschoss besucht haben. So soll es wieder sein!", erklärte sie. Mirco war ein wenig gerührt. Vielleicht hatte er mit seiner Eifersucht gegenüber Regina ja ein bisschen übertrieben. Er lugte zu Regina hinüber, die ihm zuzwinkerte. Dann kam sie glatt zu ihm und nahm seine Hand. Mircos Gesicht verfärbte sich leicht rötlich. „He, Mirco, schön dass du gekommen bist. Wo steckst du denn dauernd? Du gehst mir echt ab."

„Tatsächlich! Du hast doch jetzt Tira."

„Oh Mann, Mirco!" Regina grinste. „Du bist echt eifersüchtig, was?"

„Bin ich gar nicht!" Mirco zog seine Hand weg. „So ein Unsinn!" Den letzten Satz hatte er etwas laut gesagt.

„Ja, Mirco?", sagte Herr Lennert und alle sahen den Jungen jetzt erwartungsvoll an. „Möchtest du uns etwas sagen?"

„Ähm", druckste Mirco herum. „Ich schlage vor, wir machen eine Faschingsparty!" Mirco wusste selbst nicht so genau, warum er das jetzt sagte. „Ich meine, sobald Frau Kramer ihr Kunstwerk vollendet hat, könnten wir das mit einer Party einweihen. Und da gerade Fasching ist, wird es halt eine Faschingsparty." Er staunte über seine eigenen Worte. Aber diese verfehlten nicht ihre Wirkung. Regina grinste ihn bewundernd an, als hätte er gerade einen Drachen getötet.

„Das ist eine super Idee!", jubelte sie. Tira schloss sich ihr an. Sie hatte wieder ihren kleinen Bruder auf dem Arm. Und der jubelte mit. Das sah irgendwie drollig aus.

Natürlich waren alle Kinder sofort begeistert von dieser Idee. Auch ein paar Erwachsene waren große Faschingsfans. Und so stimmten auch Herr und Frau Lennert, Frau Blaschle und Herr Roller fröhlich zu.

„Ich werde Faschingskrapfen backen", meinte Frau Lennert.

„Und ich bereite Baklava zu", ergänzte Herr Gürkan.

Nur Herr Lohr sah etwas komisch drein. Verkleiden war nun einmal gar nicht sein Ding.

„Die Ratte bleibt aber zu Hause, klar?",
fauchte er Tom an. Der verdrehte nur die
Augen.

„Darf man auch noch Freunde einladen?",
fragte Milan.

„Wenn die sich ordentlich benehmen!",
meinte Frau Kleinle, „dann ist eigentlich
nichts dagegen einzuwenden."

„Cool, dann lad ich meine Kumpels ein!",
jubelte Milan.

„Aber bitte nicht die ganze Klasse!", bremste ihn sein Vater, Herr Lennert, ein. Er
wusste genau, dass das bei Milan leicht passieren konnte. Im letzten Jahr hatte er zu
seiner Geburtstagsfeier einfach einen Jungen
eingeladen, den er vorher überhaupt nicht
kannte. Er hatte ihn zufällig auf dem Spielplatz getroffen. Der Junge kam dann tatsächlich und brachte drei weitere Freunde
mit. Die Wohnung wäre damals beinahe aus
allen Nähten geplatzt vor lauter Gästen.

„Nö, nur die halbe Klasse!", entgegnete Milan nun schnippisch.

„Und wer soll für die Faschingsparty die
Kosten übernehmen?", fragte Herr Lengner.
Er schien von der Idee nicht recht begeistert

zu sein und sah schon wieder tausend Probleme.

„Die teilen wir uns natürlich", meinte Herr Roller. Dann fuhr er sich mit der Hand über seinen kleinen Schnauzbart und sagte: „Allerdings müsste jemand die Planung übernehmen. Wir müssen wissen, wer alles zur Party kommt, wie viel Getränke zu besorgen sind, was wir für Luftschlangen und Tischdecken und so weiter ausgeben müssen. Mit anderen Worten: Wir brauchen ein paar Rechen- und Planungsgenies!"

Die Erwachsenen plapperten etwas von „Bin den ganzen Tag in der Arbeit" bis hin zu „Hab mit Haushalt und Kindern schon genug zu tun".

„Wir Kinder vom dritten Stock übernehmen die Aufgabe", rief Regina laut zwischen das Gemurmel. Mirco machte große Augen. Hatte sie tatsächlich gesagt „Wir Kinder vom dritten Stock?" Hatte sie da etwa Tira auch gemeint?

„Mirco und Tira können super rechnen und ich kann bestens organisieren!", erklärte Regina. Die Erwachsenen und auch die anderen Kinder waren schnell zu überzeugen.

„Ein toller Vorschlag!", murmelte Mirco und verdrehte die Augen. Mit Tira eine Faschingsparty planen – na das konnte ja heiter werden.

Um ein Haar daneben

„Drei Träger Mineralwasser sind viel zu viel", schimpfte Mirco. Er saß an dem Tisch auf ihrem Stockwerk und kaute auf seinem Bleistift herum.

„Sind es nicht!", widersprach Tira. „Wir sind zwanzig Leute im Haus. Meinen kleinen Bruder rechnen wir mal nicht mit. In einem Träger sind zwölf Flaschen."

„Ja eben. Das sind dann 36 Flaschen Wasser für 20 Leute. Wer soll denn das trinken?"

„Es kommen mindestens 16 Leute mehr, wenn jeder Freunde mitbringen darf. Dann trinkt jeder durchschnittlich eine Flasche Wasser. Über den Nachmittag verteilt ist das wirklich nicht viel!"

„Einen Liter Wasser! Limo und Cola und Saft haben wir auch noch. Also bitte, wir sind doch keine Ochsen. Die trinken vielleicht so viel!" Mirco fuchtelte wild mit den Händen herum, während er redete.

„So ein Unsinn! Die Leute haben doch Durst! Ein Liter Wasser ist ja wirklich nichts. Und womöglich kommen noch mehr Leute!"

Regina schwirrte schon der Kopf vor lauter Zahlen!

„Jetzt hört auf, wegen des Wassers zu streiten. Schließlich kann man ja mal mehr einkaufen und dann wieder etwas zurückgeben. Die vom Getränkemarkt nehmen volle Träger zurück. Das weiß ich." Regina bereute schon, dass sie den Vorschlag gemacht hatte, mit den beiden Streithähnen die Faschingsparty zu planen. Sie hatte gedacht, die beiden würden sich dabei vielleicht aussöhnen. Aber im Gegenteil. Sie bekamen sich andauernd in die Wolle.

„Wir brauchen Dekoration. Lasst uns mal darüber reden", schlug Regina vor, in der Hoffnung, dass sich die beiden darüber einiger waren als über den Einkauf der Getränke.

„Wir sollten auf alle Fälle in alle Gänge Luftschlangen hängen", meinte Tira.

„Na ja, den fünften Stock können wir auslassen. Das ist unser Spielstockwerk. Da stören die Luftschlangen nur, wenn wir mit dem Ball rumkicken wollen oder so", meinte Mirco. Seine Augen funkelten streitsüchtig.

Tira stieg sofort wieder mit ein in das Streitgespräch. „Find ich überhaupt nicht. Wenn Faschingsparty ist, sollte sie auch im fünften Stock sein. Das ist doch Blödsinn, dass ihr Jungs euch dann wieder abseilt und Fußbälle in der Gegend rumschießt."

„Wir Jungs – ha, ha, weil ja nur wir wieder die Bösen sind, oder?"

„Oh Mann!", flippte Regina aus, „Jetzt reicht es aber dann echt. Wenn das so weiter geht, kriegen wir überhaupt nichts zusammen. Jetzt reißt euch doch mal zusammen und rechnet aus, wie viel Luftschlangen wir brauchen."

Tiras jüngster Bruder Peter fing an zu schreien. Er lag auf einer dicken Decke auf dem Boden. Gerade noch hatte er mit einer Rassel gespielt, während Simon sich mit ein paar Murmeln beschäftigte. Aber jetzt hatte Peter Hunger und Simon ebenso. Simon setzte sich mit seinen Murmeln neben Peter. Er legte ein paar Murmeln auf den Bauch des Bruders und sah Tira erwartungsvoll an.

„Muss mal eben meine Brüder füttern", sagte Tira entschuldigend.

„Na toll, wenn die sich dauernd um diese Bälger kümmern muss, kommen wir natürlich nicht weiter!", schimpfte Mirco.

„Ist ja klar, dass du das nicht verstehst. Du bist halt ein typisches Einzelkind! Total verzogen!" Tira stemmte die Arme in die Seite und fauchte Mirco an.

„Hunga", brüllte Simon. Das Baby schrie mit. Tira nahm es auf den Arm.

„Meine Mutter hat immerhin nicht drei Kinder von drei verschiedenen Vätern und dazu keinen Mann!" Jetzt hatte er Tira voll ins Herz getroffen. Es war am Aussehen sofort zu erkennen, dass die drei Kinder unterschiedliche Väter hatten. Peter hatte sehr dunkle Haut und schwarzes Haar, während Simon hellhäutig und strohblond war. Im

85

Gegensatz zu Tira hatten die Jungs außerdem ganz andere Gesichtsformen, Augen und Nasen. Mircos Vater hatte den Jungen darauf aufmerksam gemacht und abfällig gesagt, dass er das nicht gut fände.

Tira kochte vor Wut. Mirco hatte nicht das Recht, so etwas zu sagen!

„Das geht dich überhaupt nichts an!", brüllte Tira und begann gleichzeitig zu heulen. Das Baby erschrak sichtlich, als Tira so laut losplärrte und schrie wie am Spieß.

„Jetzt hört endlich auf!", schimpfte Regina.

Aber Mirco wollte nicht aufhören. „Ihr seid doch total asozial!", beleidigte er Tira weiter.

Tira legte das brüllende Baby neben Simon auf die Decke und eilte um den Tisch herum zu Mirco. Sie riss die Hände in die Höhe und schrie: „Und du bist ein richtiger Spießer!"

Dann hustete plötzlich das Baby ganz schrecklich. Es rang nach Luft und lief blau an. Alle erschraken fürchterlich.

„Was ist los, Peter, was ist los?" Tira riss das Baby hoch und schüttelte es, aber das rang weiterhin verzweifelt nach Luft und hatte Augen und Mund weit aufgerissen.

„Um Gottes Willen!", brüllte nun auch Regina panisch. Sie bekam schreckliche Angst. Was war nur plötzlich mit dem Baby los?

Und auch Mirco erfasste totale Panik. „Dreh es um!", schrie er, „dreh es um!"

Aber Tira war so geschockt, dass sie überhaupt nichts mehr tun konnte. Und auch Regina stand nur da und schrie hysterisch herum. Beherzt packte Mirco zu, drehte das Baby auf den Kopf und klopfte ihm mit der flachen Hand auf den Rücken. Da fiel mit einem Mal eine Murmel aus dessen Mund. Sein Bruder hatte ihm wahrscheinlich eine Murmel in den Mund gesteckt, als Tira gerade mit Mirco stritt. Das Baby rang noch einmal nach Luft und begann im nächsten Augenblick hysterisch und heftig zu schreien. Zum Glück konnte es aber nun wieder einatmen. Mirco drehte Peter wieder um und drückte ihn Tira in den Arm. Frau Lennert, Herr Roller und Frau Blaschle waren inzwischen herangeeilt. Sie hatten das Baby schreien hören.

„Was ist denn los?" fragte Herr Roller aufgeregt. Kai hatte er auf dem Arm. Der krallte sich am Vater fest, weil ihm das Geschrei des Babys unheimlich war. Tira drückte ihren kleinen Bruder erleichtert an sich. Ihre Augen waren noch ganz glasig von der Aufregung. Ein paar Tränen der Erleichterung rannen ihr die Wangen herunter.

„Mirco hat meinem kleinen Bruder gerade eben das Leben gerettet", erklärte sie Herrn Roller. „Vielen, vielen Dank, Mirco", sagte sie und lächelte den Jungen an.

„Schon gut!", sagte dieser flapsig und konnte sich ein Grinsen nicht verkneifen.

Zirkuszelt in der Aula

Dank der wunderbaren Rettung Peters durch Mirco war die Planung der Party plötzlich kein Problem mehr. Tira nahm Mircos Vorschläge ernst und Mirco war von Tiras Ideen angetan. Bald war die Faschingsfeier in trockenen Tüchern.

In der Schule merkten alle, dass Tira nun viel mehr mit Mirco und Regina zusammensteckte und sich von Elo abwandte.

„Wir sollen uns nun tatsächlich überlegen, wie wir die Aula streichen wollen? In der Lehrerkonferenz haben wir beschlossen, dass die Aula nach euren Vorschlägen bemalt werden soll", erklärte Frau Lila eines Tages und sah die Kinder erwartungsvoll an.

„Als Fußballplatz", fing sofort wieder ein Kind zu schreien an, ohne sich zu melden. Ein paar Gegenvorschläge kamen. Aber Frau Lila unterband das Durcheinander diesmal rasch.

„Wir werden eine demokratische Abstimmung machen", erklärte Frau Lila. Ihr Ton war sehr streng. Das kam selten vor, aber wenn es vorkam wussten alle, dass sie still sein und ihr Folge leisten mussten.

„Was ist denn demonatisch?", fragte Katja.

„Demokratisch heißt das. Mann, bist du dämlich", lachte Elo sie aus.

„Elo, was soll das!", schimpfte Frau Lila. Sie konnte es überhaupt nicht ausstehen, wenn jemand andere Kinder auslachte. Elo bereitete auch ihr immer wieder große Schwierigkeiten, weil er permanent nicht aufpasste, dazwischenredete oder die anderen Kinder störte.

„Das bedeutet, dass wir alle Vorschläge an die Tafel schreiben. Dann nimmt jeder einen Zettel und schreibt einen der Vorschläge darauf. Keiner darf dem Anderen sagen, was er darauf geschrieben hat. Denn das ist eine geheime Wahl. Und dann öffne ich oder einer von euch die Zettel und es wird notiert, welcher Vorschlag wie viele Stimmen hat", erklärte Frau Lila.

„Aber wenn sie oder wer anders die Zettel öffnen, ist die Wahl ja nicht mehr geheim", meinte Regina.

„Doch, doch, Regina! Ich weiß ja nicht, wer die Zettel geschrieben hat", erklärte Frau Lila.

Und so machte es die Klasse dann auch. Samantha wurde ausgewählt, um die Zettel vorzulesen. Sie las jede Aufschrift laut vor. Frau Lila machte jeweils einen Strich bei dem vorgelesenen Vorschlag.

„Zirkuszelt", las Samantha vor. Dann zweimal „Fußballplatz", schließlich einmal „Zoo" und dann wieder zweimal „Zirkuszelt". Auch den nächsten Zettel las sie laut vor. „Tira ist schuld an der Schmiererei in Reginas und Mircos Haus", las sie.

Tira horchte auf und lief rot an. Mirco und Regina horchten ebenfalls auf und wunderten sich über das Geschriebene. Tira versteckte sofort ihren Kopf hinter ihren Händen. Frau Lila sagte: „So ein Unsinn!"

Dann las Samantha weiter.

Das Zirkuszelt gewann und ein Großteil der Klasse freute sich darüber. Mirco und Regina freuten sich eigentlich auch, aber sie mussten dauernd über den seltsamen Zettel nachdenken, der sich unter die Wahlzettel gemischt hatte. Und als endlich Pause war, mussten sie Tira fragen, was es damit auf sich hatte.

„Ach, das war bestimmt dieser blöde Elo. Der ist eifersüchtig und behauptet irgendeinen Unsinn. Ich weiß überhaupt nicht, was der will."

„Du hast also nicht die wunderschönen Gemälde von Frau Kramer im Erdgeschoss zerstört, oder?", fragte Mirco.

„Nein, ich schwör es euch", sagte Tira. Sie hob zwei Finger in die Höhe und sah Regina und Mirco bittend an.

„Lass mal, wir glauben es dir schon!", sagte Regina.

„Und Elo?", fragte Mirco, „Hat er etwas mit der Sache zu tun?"

Tira zögerte einen Moment. Dann zuckte sie mit den Schultern „Weiß nicht. Glaub nicht", meinte sie.

Faschingsparty mit Folgen

In Windeseile hatte Frau Kramer wieder den Eiffelturm repariert, Familie Lennert war ihr dabei zur Hand gegangen.

Dann stieg die große Faschingsparty. Alle waren verkleidet. Milan und Rosina hatten sich gemeinsam als Kamel verkleidet. Sie hatten beide einen kamelbraunen Anzug an.

Darüber lag ein kamelbraunes Tuch. Rosina bildete den Kopf, weil sie etwas größer war als Milan. Ihre Mutter hatte einen Kamelkopf genäht, der wirklich genial aussah. Milan war das Hinterteil. Er hatte einen Kamelschwanz in Höhe des Pos an das Kostüm angenäht. Das Kostüm sah wirklich klasse aus. Die beiden hatten aber manchmal etwas Verständigungsschwierigkeiten. Und so ging der Kopf zur rechten Zeit woanders hin als das Hinterteil. Aber wen störte es schon, wenn zwei Kamelhälften herumliefen!

Frau Hallbauer sah sehr hübsch aus. Sie hatte ihre blonden Haare zu Zöpfen geflochten und trug ein enggeschnittenes Indianerkleid. Herr Lohr machte ihr dauernd Komplimente. Er hatte sich selbst als Polizist verkleidet – das passte ziemlich gut zu ihm.

Regina und ihre Mutter hatten sich als Katzen verkleidet. Frau Kleinle konnte wunderschön schminken und so sahen die Gesichter der beiden wirklich wie bei einer Katze aus.

Mirco stellte einen Cowboy dar– oder besser gesagt einen Sheriff. Sein Stern war fast so groß wie sein Kopf. Man konnte nicht übersehen, dass er ein echter Sheriff war.

Aische und Osman hatten sich in Araber verwandelt. Man erkannte sie kaum wieder. Sie trugen lange, weiße Gewänder und ein rot-weiß-kariertes Tuch um den Kopf. Osman hatte auch noch eine Sonnenbrille auf und sein Gesicht zierte ein aufgemalter Bart. Das stand ihm ziemlich gut.

Die Party war bald in vollem Gange. Die Kinder tanzten wild zur Musik, die Erwachsenen unterhielten sich und futterten in einem fort Krapfen und Baklava.

Bald kamen noch Freunde von Familie Lennert und Familie Gürkan. Sie brachten allerlei Knabberzeug und Luftschlangen mit. Und sie brachten gute Laune mit. Die ganze Gesellschaft zog fröhlich in einer langen Schlange durchs Haus. Sie nannten das Polonaise. Der Hausmeister, Herr Lengner, hatte sich als Dracula verkleidet. Er führte die Polonaise an. Offensichtlich schien er nun doch Gefallen an der Party zu finden. Ja, er entpuppte sich im Laufe des Tages als richtige Stimmungskanone. Die Hausbewohner erkannten ihn kaum wieder.

Etwas später kamen noch ein paar als Hippies verkleidete Kinder. Sie trugen üppige Perücken und Sonnenbrillen. Das Gesicht hatten sie wild bemalt. Außerdem hatten sie viel zu große Jacken und Hosen an.

„Sind das eure Freunde?", fragte Regina Milan und Rosina, die sich gerade wieder einmal darum stritten, wer nun zum Hundertstenmal das Kamel auseinandergerissen hatte.

„Nö, die hab ich nicht eingeladen", sagte Rosina. Dann keifte sie ihren Bruder an. „Jetzt halt doch endlich mal still und warte, bis ich auch loslaufe!"

Auch Aische und Gürkan wussten nichts mit den Hippies anzufangen.

Dann kam Tira auf Mirco und Regina zu: „Die Kerle, die da gekommen sind, sollten wir rausschmeißen!"

„Kennst du sie?", fragte Mirco.

Tira zögerte einen Moment, dann schüttelte sie den Kopf. „Ne, aber ich glaube, dass die nichts Gutes vorhaben."

Kaum hatte sie das gesagt, beobachtete Mirco, wie sie die leckeren Krapfen von Frau Lennert zu Boden warfen und absichtlich

darauf traten. Die anderen hatten nichts bemerkt, weil sie gerade tanzten oder sich unterhielten. Aber Mirco war entsetzt. Er
drängte sich durch den feiernden Haufen zu
den Hippies und stellte sie zur Rede: „He,
was macht ihr da? Warum seid ihr denn auf
die Krapfen gestiegen? Spinnt ihr?"

Einer der Kerle grinste Mirco nur an. Dann
ging er weiter und stellte dasselbe mit Herrn
Gürkans Baklava an.

Diesmal war Mirco richtig wütend. Er
schubste den Jungen, sodass dieser auf das
Kamel stolperte und zu Boden ging.

Milan und Rosina fielen mit um. „Was war
das denn?", sagte Milan verdutzt.

„Ein fliegender Hippie", meinte Rosina.

„Scher dich weg von unserer Party! Du
machst hier alles kaputt", brüllte Mirco.

Die Erwachsenen drehten sich verblüfft um.
Warum schrie Mirco so?

Aus dem CD-Player drang fröhliche Musik:
„Don´t worry, be happy". Das hieß so viel
wie „Ärgere dich nicht, bleib fröhlich!"

Aber Mirco ärgerte sich gewaltig. Vor allem, wenn jemand Essen einfach herum-
warf. Seine Eltern hatten ihm gelernt, dass

96

Essen ein wichtiges Gut war. „Es gibt genug Leute, die hungern müssen. Da dürfen wir unsere Nahrung nicht einfach achtlos wegwerfen", hatte sein Vater einmal gesagt, als Mirco sein Pausebrot nicht gegessen und in den Mülleimer geworfen hatte.

Regina drückte auf den Knopf des CD-Players. Jetzt war es totenstill und alle sahen auf die drei Eindringlinge, von denen einer am Boden lag.

„Was war denn los, Mirco?", fragte schließlich Frau Hallbauer.

„Die haben einfach die Krapfen und das Baklava genommen, auf den Boden geworfen und sind darauf getrampelt", empörte sich der Junge.

„Wer seid ihr überhaupt? Und wer hat euch eingeladen?", fragte Dracula Lengner. Er packte eines der auf dem Boden liegenden Kinder am Kragen und riss ihm die Perücke und die Sonnenbrille weg.

„Tira hat uns eingeladen", sagte der Kerl nun. Aber Tira schüttelte heftig den Kopf.

„Ich habe niemanden eingeladen!", schwor sie. Mirco sah sie misstrauisch an. Spielte sie doch ein falsches Spiel?

„Ich schwöre, dass ich niemanden eingeladen habe!", beteuerte sie noch einmal. Alle starrten sie an.

Die drei ungeladenen Gäste nutzten den Moment und rannten ganz schnell davon. Mirco versuchte noch, sie zu erwischen. Aber er bekam nur noch den Hut des einen Hippies zu fassen.

„Kennst du den Hut vielleicht?", fragte Mirco Tira herausfordernd.

„Nein, wirklich nicht!" Tira war den Tränen nahe.

Jetzt nahm ihre Mutter sie in den Arm. Auch sie sah sehr unglücklich aus. „Warum soll Tira die eingeladen haben? Der Junge lügt doch!", sagte sie. Dann meinte sie zur Tira gewandt: „Komm, wir gehen. Die Party ist für uns aus. Sie nahm den Kinderwagen, in dem Peter saß und forderte auch Simon auf, mitzukommen. Der hatte sich gerade über das auf dem Boden liegende Baklava hergemacht. „Pfui", schimpfte seine Mutter, „das ist schmutzig."

Mirco und die anderen hatten auch keine Lust mehr zu feiern. So löste sich die Party leider frühzeitig auf. Ein paar Hausbewohner erklärten sich bereit, noch alles aufzuräumen. Aber um etwa 19 Uhr waren auch die letzten Spuren der Party beseitigt.

Hoher Besuch

Als Mirco am nächsten Tag die Treppe herunterkam, um Sonntagsbrötchen zu holen, stand da eine elegante, etwa fünfzig Jahre alte Dame und studierte die Hausregeln. Sie trug einen hübschen Mantel und einen lustigen Hut. Jedenfalls fand Mirco ihn lustig. Er war ganz rot und hatte ein seltsames Blümchenmuster auf der Krempe.

Mirco blieb in sicherem Abstand stehen und beobachtete die Dame noch ein wenig. Neben ihr stand Herr Lengner. Er trippelte nervös von einem Fuß auf den anderen. „Aha", sagte die Dame ab und zu, oder „Interessant".

Dann wandte sie sich Herrn Lengner zu. Jetzt konnte man ihr Gesicht von der Seite sehen. Sie hatte eine ziemlich lange Nase und dunkles Haar. Ihre Lippen waren geschminkt wie die von Frau Lila. Auch die Fingernägel hatte sie in einem ähnlichen Rotton lackiert. Mirco fand es affig, wenn Frauen sich so anmalten.

„Und seit wann hängt das hier?", sagte die Frau in spitzem Ton.

„Seit – ja seit sie auf die Bahamas geflogen sind."

„So, so", sagte die Frau nachdenklich.

„Wer hat das denn aufgehängt? Normalerweise ist doch der Hausmeister dafür zuständig, also sie, Herr Lengner."

„I-i-ich habe mich auch darüber gewundert", stotterte Herr Lengner. Immer wenn er aufgeregt oder verärgert war, brachte er das erste Wort des Satzes nur stockend hervor.

„Also, mein lieber Herr Lengner, Sie müssen doch wissen, wer hier im Haus zu Werke ist", empörte sich die Dame. Sie nahm aus ihrem schwarzen Handtäschchen ein Papiertaschentuch und putzte sich die Nase.

„D-d-das Schild hing da auf einmal. Ich hatte geglaubt, Sie hätten es aufgehängt."

„Ich?" Die Frau lachte. „Glauben Sie wirklich, dass ich heimlich nachts Hammer und Nagel nehme und mal eben ein Schild anbringe, bevor ich auf die Bahamas fliege. Herr Lengner, setzen Sie doch bitte Ihren Verstand ein!"

„N-n-nein, das tun Sie natürlich nicht."

Jetzt drehte sich die Frau mit dem Gesicht in Mircos Richtung. Rasch versteckte sich der Junge hinter einer Ecke des Treppenhauses.

„Sie wissen also nicht, wer diese höchst verwunderlichen Hausregeln aufgehängt hat?"

„N-n-nein", stotterte der Hausmeister noch einmal.

„Na ja, dann wollen wir uns mal ansehen, was das für Auswirkungen hat", sagte die Frau. Sie verzog keine Miene und stieg die kurze Treppe vom Hauseingang zum Erdgeschoss hoch. Dann ging sie den Gang entlang, auf dem die wunderbaren Gemälde von Frau Kramer zu sehen waren.

„I-i-ist das nicht wunderschön?", fragte Herr Lengner.

Mirco versteckte sich immer so, dass er die Frau und Herrn Lengner beobachten konnte, diese aber ihn nicht sahen.

„Hm", brummte die Frau nur auf Herrn Lengners Frage. Sie sah sich die Wände sehr lange an und strich über die Blumen vor Frau Kramers Wohnung.

„Wer hat das gemalt?"

„Frau K-K-Kramer."

„Soso", sagte die Dame.

Dann stiegen sie in den ersten Stock.

„Hier war wohl ein anderer Künstler zu Werk?"

„Ja, das stimmt", sagte Herr Lengner. Diesmal verweilte die Frau nicht ganz so lange im Stockwerk, gab aber wieder keinen Kommentar ab, ob ihr nun die Zeichnungen gefielen oder nicht.

Jetzt wollten sie in den zweiten Stock hinauf. Mirco eilte schnell voraus, stolperte auf der letzten Stufe und schaffte es gerade noch, sich zu verstecken, ehe die beiden Erwachsenen ihn entdeckten.

„Das ist wohl mehr moderne Kunst, oder?", fragte die Frau Herrn Lengner, als sie die Riesenohrschweinkatzen von Miriam und die Handabdrücke von Kai sah.

„J-j-ja, moderne Kunst, genau. Da waren sehr junge Künstler am Werk. Moderne Künstler. Genau!", sagte Herr Lengner.

„Hm", brummte die Frau wieder.

„Wenn es Ihnen nicht gefällt, können wir das ja übermalen, Frau Lemper."

Frau Lemper? Das also war Frau Lemper? Die mit der Turnhalle und dem Riesengarten?

Regina kam Mirco entgegen und wollte eben etwas zu ihm sagen, da hielt er ihr schnell den Mund zu. „Das ist die Lemper", flüsterte er, „du weißt schon, die Hausbesitzerin."

„Und warum versteckst du dich vor ihr?", fragte Regina verständnislos. "Lengner zeigt ihr gerade unser Haus und ich möchte sehen, wie sie reagiert."

„Und? Wie reagiert sie?", fragte Regina neugierig.

„Gar nicht!", raunte Mirco. „Bis jetzt sagt sie nichts Gutes und nichts Schlechtes."

„Immerhin nichts Schlechtes!"

„Aber auch nichts Gutes!", flüsterte Mirco.

„Warum sollen ihr unsere Kunstwerke nicht gefallen?", meinte Regina.

„He, die ist superreich. Die hat wahrscheinlich Picasso und Klee und wie diese Künstler alle heißen in ihrer Wohnung hängen. Ich glaube nicht, dass der die Riesenohrschweinkatzen von Miriam gefallen, auch wenn Lengner sie ihr als moderne Kunst verkaufen will. Und wenn sie erst den Rattenelefanten im vierten Stock sieht, na dann Prostmahlzeit."

„Der Künstler hatte aber kleine Hände", merkte jetzt Frau Lemper an und zog eine Augenbraue hoch.

„Ja, der ist", Lengner überlegte kurz angestrengt, „ein Kleinwüchsiger."

„So?" Frau Lemper zog ihre Augenbraue noch ein bisschen höher.

„Der Künstler ist am Kommen! Hat schon in New York und so ausgestellt."

„Tatsächlich?"

„Ja, ich hab leider seinen Namen vergessen. Aber ich bin mir sicher, dass er später einmal so berühmt sein wird wie Kardiskin", beeilte sich Herr Lengner zu sagen.

„Sie meinen wohl Kandinsky."

„Ja, ja, den auch", brummelte Herr Lengner.

„Hätte nicht gedacht, dass Lengner sich so ins Zeug legen würde für das Geschmiere von Miriam und Kai", kicherte Mirco.

„Na hör mal, das ist moderne Kunst", grinste Regina.

Dass Frau Lemper von der Elefantenratte im vierten Stock nicht begeistert war, konnte man allerdings schon erkennen.

„Was ist das?", fragte sie mit aufgerissenen Augen und schmunzelte ein wenig. „Ähm – ein – ein Tier in der Metamorphose.", sagte Lengner.

„Hä", raunte Mirco, „was redet Lengner denn jetzt?"

„Metamorphose heißt glaube ich so etwas wie Umwandlung. Ich bin erstaunt, wie klug Lengner ist", sagte Regina.

„Allerdings", pflichtete ihm Mirco bei, „der wächst gerade über sich hinaus!"

Dann lauschten die beiden wieder den Erwachsenen.

„Sie meinen also, eine Maus verwandelt sich gerade in einen Elefanten."

„Eine Ratte", verbesserte sie Herr Lengner.

„Oh, natürlich, eine Ratte." Frau Lemper schritt hin und her und dann fragte sie: „Stammt das auch von dem kleinwüchsigen Künstler?"

„N-n-nein", meinte Herr Lengner und suchte nach einer Erklärung. „Es ist ein Metamorphosenkünstler."

„Ein Metamorphosenkünstler?"

„Ja, so hieß es in der – ähm – in der Anzeige, die der Künstler in der Zeitung machte. Wir haben ihn – ähm – w-w-wir haben ihn aufgrund einer ansprechenden Annonce in der Zeitung geholt – also engagiert. Sie verstehen schon. Auch ein junger Künstler. Ist noch nicht so bekannt. Hat das für ein paar Euro gemacht. Aber man sollte solchen Leuten ja auch eine Chance geben, nicht wahr?"

„Sicher", sagte Frau Lemper nüchtern.

Schließlich gingen sie in den fünften Stock hoch. Mirco und Regina wollten vorauseilen, aber sie wussten nicht, wo sie sich verstecken sollten. Und so standen sie denn etwas ratlos im fünften Stock, als die beiden kamen.

„Guten Tag", sagten sie ganz artig. Die Dame nickte ihnen zu.

„Geht woanders hin zum Spielen, Kinder!", sagte Lemper, „Ihr stört gerade!"

„Spielen die Kinder hier auf dem Gang?"

„Ähm", zögerte Lengner, „ja. Sie wissen ja – die neuen Hausregeln."

„Aha", meinte Frau Lemper und hob den Kopf etwas. Das sah ziemlich eingebildet aus.

Regina und Mirco verschwanden um die Ecke. „Die ist voll arrognat", zischte Mirco.

„Arrogant, meinst du wohl", sagte Regina und grinste.

„Auf jeden Fall ist sie eine Tussi. Die wird bestimmt die schönen Wände wieder weiß machen und sagen, dass wir nicht mehr hier spielen dürfen. Dann gibt es keine Krapfen und kein Baklava und überhaupt nichts mehr. Und bei der Hausi hilft uns auch keiner mehr. Und jeder verkriecht sich wieder in seiner Wohnung. Toll!"

„Jetzt wart es doch erst mal ab!", sagte Regina. „Und außerdem können wir uns immer noch wehren."

„Wie denn bitte?", fauchte Mirco. „Das ist schließlich ihr Haus!"

„Na und?", entgegnete Regina. „Wir wohnen schließlich darin. Es gibt Mieterrechte."

Wer steckt hier unter einer Decke?

Mirco hatte schlechte Laune, als er am Montagmorgen das Klassenzimmer betrat. Missmutig ging er an seinen Klassenkameraden vorbei und setzte sich auf seinen Platz.

„Na, schlecht geschlafen", stichelte Elo.

„Lass mich in Ruh", zischte Mirco.

Tira schielte zu Mirco hinüber, dann zu Elo. Seit der Faschingsparty hatte sie nicht mehr mit Mirco geredet.

Frau Lila hatte eine neue Frisur. Dauerwellen. Und rot gefärbt hatte sie ihr Haar auch noch. Jetzt standen die Haare wie bei einem Clown weg. Das sah ziemlich lustig aus.

„Jetzt schau dir mal die Lila an", flüsterte Regina Mirco zu, „sieht das nicht zu lustig aus!" Aber Mirco konnte nicht lachen. Er musste die ganze Zeit an Frau Lemper denken.

In der ersten Stunde hatten sie Mathe. Sie spielten Rechenkönig. Dabei mussten immer zwei Kinder gegeneinander um die Wette rechnen. Wer gewann, durfte weiter mitspielen. Wer langsamer war, schied aus.

Regina fand das Spiel total blöd. Sie verstand nicht, warum Frau Lila mit den Kindern so ein bescheuertes Spiel spielte. Regina war immer eine der ersten, die sich setzen musste. Und dann konnte sie zusehen, wie Mirco und Tira sich ein Gefecht lieferten. Die beiden waren nun einmal die besten. Früher hatten sie richtige Kriege geführt bei diesem Spiel. Dann war es mehr zu einem freundschaftlichen Wettkampf übergegangen, nachdem sie sich besser verstanden. Aber heute wusste Mirco nicht recht, wie er sich verhalten sollte. Und weil er so viel nachdenken musste, verlor er gegen Tira. Elo verspottete ihn: „Na, hast du das Rechnen verlernt, Schwarzkopf?"

„Du hast es noch nie gekonnt. Das ist Tatsache", fauchte Mirco.

„Ruhe jetzt", schimpfte Frau Lila.

In der Pause hockte sich Mirco auf die Bank neben der Tischtennisplatte und aß sein Brot. Der steinerne Tisch mit dem metallenen Netz war wieder vom Eis befreit. Seit ein paar Tagen herrschten mildere Temperaturen und der Schnee schmolz. Die anderen Jungs wunderten sich. Tischtennis zu spielen liebte Mirco. Die Kinder spielten fast nie ohne ihn.

„Willst du nicht mitspielen?", fragte Theo, mit dem er sich sonst oft ein Gefecht an der Tischtennisplatte lieferte.

„Keine Lust!", entgegnete Mirco.

„Na dann eben nicht!" Theo konnte nicht nachvollziehen, warum Mirco so griesgrämig war.

Regina spielte mit Katja und Samantha Gummihüpfen. Aber dazu hatte Mirco keine Lust. Das war was für Mädchen! Er beobachtete Tira, die etwas orientierungslos auf dem Pausehof herumlief, so als wüsste sie selbst nicht recht, wohin sie gehen sollte. Dann ging Elo auf sie zu. Er hielt sie auf und redete mit ihr. Die beiden hatten Mirco den Rücken zugewandt, sodass er deren Mimik nicht deuten konnte. Aber es sah nach einem friedlichen Gespräch aus.

„Also doch", sagte Mirco zu sich selbst.

Regina hatte inzwischen mit dem Gummihüpfen aufgehört und Mirco ging zu ihr. Er packte sie am Ärmel und zog sie von den

anderen Mädchen weg. „Weißt du was?",
sagte er zu ihr. „Ich habe Tira mit Elo gesehen. Und ich sage dir: Die steckt unter einer
Decke mit dem! Die hat uns was vorge-
macht! Garantiert!"

„Ach Blödsinn, du siehst Gespenster!",
meinte Regina.

„Ja, ja, glaub du nur wieder an das Gute. Ist
ja klar, dass du zu ihr hilfst!"

„Ist überhaupt nicht klar!", wehrte sich Regina, „Fang nicht schon wieder an zu
schmollen, das hatten wir schon mal! Du
weißt genau, wie gern ich dich mag. Also tu
mir das nicht an."

Mirco musste jetzt unweigerlich lächeln
über das, was Regina gesagt hatte. Er zeigte
sich versöhnlich. „Ich mein ja nur, dass wir
genau hinschauen sollen. Es sind ja doch ein
bisschen viele Zufälle, die da zusammenge-
kommen sind. Erst die schwarz beschmierte
Wand, dann zieht auf einmal Tira in unser
Haus, dann diese komischen Typen auf der
Faschingsparty und jetzt steckt sie wieder
mit Elo zusammen."

Regina sah quer über den Pausehof und bemerkte jetzt auch, dass Tira und Elo nebeneinander hergingen.

„Hm, vielleicht hast du recht. Doch wir sollten sie nicht gleich wieder vorschnell verurteilen."

„Aber wir sollten auf der Hut sein!", mahnte Mirco.

Die Versammlung

Am Donnerstagabend hatte Frau Lemper alle Mieter ihrer Wohnungen zusammengerufen. Sie hatte die Versammlung der Hausbewohner extra für 18.00 Uhr in einem nahegelegenen Wirtshaus anberaumt, damit die Kinder auch mitkommen konnten. Das fanden Regina und Mirco sehr gut. Trotzdem ahnten sie Böses.

Am Nachmittag riefen sie Milan und Rosina, Aische und Osman zusammen. Auch Tira hatte Regina gegen den Willen Mircos eingeladen.

„Hört mal", erklärte sie dann, als alle um den kleinen Tisch im dritten Stock saßen,

„Frau Lemper will vielleicht alles wieder so machen wie früher!"

„Was?", rief Milan, „Kein Spielen in den Gängen mehr, keinen Kuchen essen auf den Gängen, keine Hausaufgabenhilfe?"

„Wir müssen uns auf alle Fälle dagegen wehren!", forderte Mirco.

Alle Kinder stimmten zu. Auch Tira, die wieder einmal ihre beiden Brüder im Schlepptau hatte, weil ihre Mutter arbeiten musste, war entsetzt.

„Und was sollen wir dagegen tun?", fragte Aische.

„Was haben wir in der Schule gelernt?", fragte Regina und sah die Kinder an.

„Dass es Kinderrechte gibt. Und die müssen eingehalten werden. Alles soll zum Wohl der Kinder sein. Und das Spielen auf den Gängen ist zum Wohl der Kinder", erklärte Mirco.

„Na, ich weiß nicht, ob das überzeugt", zweifelte Osman. „Die Erwachsenen haben schließlich auch Rechte."

„Ja, Mieterrechte", erklärte Regina. „Und die Erwachsenen werden sicher auch dafür sein, dass alles so bleibt, wie es ist."

„Ich rede jetzt eigentlich von Frau Lemper",
erklärte Osman.

„Die ist in der Unterzahl", wandte Mirco
ein.

„Aber sie ist die Mächtigere, würde ich mal
sagen!", meinte Rosina, „Ihr gehört schließlich das Haus."

„Wir werden auf jeden Fall unsere Argumente heute Abend bei der Versammlung
vorbringen. Und dann werden wir eine de-
mografische Abstimmung fordern", gab sich
Mirco kampflustig.

„Demokratisch heißt das", verbesserte Regina. Mit den Fremdwörtern hatte es Mirco
nicht so.

„Von mir aus auch demokratisch", sagte
Mirco.

Die Kinder schrieben alle Argumente, die
sie hatten, zusammen.

„Vielleicht weiß derjenige, der die zweiten
Hausregeln geschrieben hat, ja noch Argumente", sagte Regina schließlich. Sie blickte
in die Runde. Immer noch hatte sie Mirco
im Verdacht. Wahrscheinlich hatten seine
Eltern ihm beim Verfassen der Regeln geholfen.

„Und wer hat nun eigentlich die neuen Hausregeln verfasst?", sprach Milan die Frage aus, die Reginas Aussage beinhaltete.

„Kein Ahnung", sagte Mirco und grinste ein bisschen.

Die Kinder spekulierten herum, wer die Regeln verfasst haben könnte. Alle verdächtigten Regina und Mirco. Aber Regina verneinte es und auch Mirco schüttelte den Kopf.

„Jedenfalls war es ein sehr kluger und mutiger Mensch", schloss Rosina schließlich die Diskussion ab.

„So, jetzt muss ich aber noch mein Zimmer aufräumen", sagte Aische schließlich und verschwand mit Osman. Auch Milan und Rosina kehrten zu ihrer Wohnung zurück. Tira eilte ebenfalls mit den inzwischen quengelnden Brüdern zu ihrer Wohnung.

„Hast du gesehen?", sagte jetzt Mirco, „Tira hat sich die ganze Zeit aus unserem Gespräch herausgehalten."

„Hm, vielleicht war sie so mit ihren Brüdern beschäftigt."

"Ach, Unsinn. Das Baby war ganz ruhig und Simon ist immer hin und her gelaufen. Sie hat kein einiges Wort gesagt. Kein einziges.

Mit der ist was faul, das hab ich dir von Anfang an gesagt."

„Aber du hast dich doch in letzter Zeit bis
hin zur Faschingsparty auch ganz gut mit ihr
verstanden", wandte Regina ein.

„Trotzdem – da stimmt was nicht. Die ist
nicht ehrlich."

„Hm, vielleicht hast du recht", meinte Regina nun. Tira verhielt sich ja wirklich seltsam
seit der Faschingsparty.

Am Abend kamen alle zur Versammlung.
Herr Gürkan und Frau Hutter hatten sich
extra eher von der Arbeit frei genommen.
Normalerweise wären sie erst nach 18.00
Uhr nach Hause gekommen.

Frau Lemper war wieder äußerst schick gekleidet und übernahm selbstbewusst den
Vorsitz der Versammlung.

„Ich habe sie hier und heute zusammengerufen, weil sich offenbar einige Dinge hier
geändert haben, während ich auf den Bahamas war", erklärte sie. Sie sah in die Runde.
Familie Lennert und Familie Gürkan blickten sie aufmerksam an. Tiras Mutter versuchte, die Kinder ruhig zu halten. Tom
lümmelte in seinem Stuhl und sah sie sehr

skeptisch an. Herr Lohr blickte geradeaus an ihr vorbei auf irgendeinen Punkt an der Wand. Mirco und seine Eltern sahen sie eher feindselig an.

Da stand plötzlich Regina auf und rief: „Was stört sie daran?" Mirco war erstaunt. Er bewunderte den plötzlichen Mut der Freundin und ihre Angriffslust. Normalerweise war das seine Rolle. Regina wartete in der Regel erst einmal ab, was passierte. Aber heute wohl nicht!

Jetzt lächelte Frau Lemper und sah gleich viel freundlicher aus. „Ich habe nicht gesagt, dass es mich stört, junge Dame", sagte sie. Offensichtlich gefiel ihr Reginas Art.

„Na, dann lassen wir halt alles so", schlug Regina vor. Die Leute sahen erwartungsvoll Frau Lemper an. Dann rief Mirco: „Genau, lassen wir alles so!" Nun stimmten auch die anderen Hausbewohner mit ein.

„Moment", sagte da Frau Lemper, „ganz so einfach ist das nun auch wieder nicht. Ich meine, sie hätten mich fragen können, ehe sie derartiges unternehmen. Ich kann es nicht dulden, dass so gravierende Dinge geändert werden und ich nicht einmal gefragt werde."

„Wir hätten sie gefragt, aber sie waren nicht zu erreichen", erklärte Herr Lengner.

„Na ja, Sie hätten mit den Veränderungen warten können, bis ich wieder da bin."

„Dann hätten Sie uns das vielleicht nicht erlaubt", meldete sich noch einmal Regina zu Wort.

Frau Lemper zögerte einen Augenblick, dann gab sie zu: „Vielleicht. Das gebe ich zu."

Frau Lemper wurde Regina, Mirco und den anderen Hausbewohnern immer sympathischer.

„Wir sind jetzt eine viel bessere Hausgemeinschaft als früher", sagte Frau Kramer.

„Einer hilft dem anderen, das ist wirklich klasse", rief Tom und schielte zu Herrn Lohr hinüber. Ihre Blicke trafen sich. Tom lächelte sein schönstes Lächeln. Nun zuckten Herrn Lohrs Mundwinkel auch nach oben. Ganz kurz. Aber immerhin.

„Wer hat diese Hausregeln denn geschrieben?", fragte Frau Lemper.

Keiner sagte etwas. Schließlich stand Frau Hallbauer auf und meinte „Wir alle zusammen!"

„Ja, genau, wir alle zusammen", stimmten die anderen Hausbewohner mit ein.

„Und wer hat die Farben und so weiter bezahlt?"

„Wir alle zusammen", rief Frau Kramer. Und wieder stimmten alle mit ein.

Frau Lemper hatte selten so eine Einigkeit unter ihren Mietern erlebt.

„Nun", schlug sie vor, „wir machen jetzt eine demokratische Abstimmung. Wer dafür ist, die Hausregeln so bestehen zu lassen, möge die Hand heben."

„Siehst du – eine demogranische Abstimmung!", sagte Mirco erfreut.

„Demokratisch", verbesserte Regina. Sie hob die Hand und alle anderen Leute hoben auch die Hand.

„Frau Lemper ist eigentlich gar keine Tussi, auch wenn sie so aussieht", flüsterte Mirco Regina zu. Regina kicherte: „Ja, manchmal kann der äußere Schein trügen."

So war es beschlossene Sache, dass alles so blieb im Haus, wie es war. Und alle waren glücklich darüber. Sogar Frau Lemper.

Nicht schon wieder

Am nächsten Tag herrschte wieder reges Treiben auf den Gängen. Natürlich gab es Kuchen und Rohrnudeln und Schmalzgebäck und Baklava. Überall duftete es. Die Kinder hatten ihre Hausaufgaben rasch erledigt, weil es genug erwachsene Helfer gab, und dann feierten alle. Frau Lemper fühlte sich sichtlich wohl unter ihren Mietern. Sie redete mal mit dem und mal mit jenem und spielte sogar mit den Kindern im fünften Stock ein wenig Ball. „Ich glaube, ich werde in den anderen beiden Wohnblöcken, die mir gehören, auch die Hausregeln ändern", sagte sie, als sie das Haus am Abend wieder verließ. „Vielleicht können sie mir ja noch den Namen von dem kleinwüchsigen Künstler und dem modernen jungen Künstler verraten, Herr Lengner. Dann kann ich Sie engagieren, um auch die anderen Wohnblöcke zu bemalen. Frau Kramer ist schon mal auf alle Fälle eingeplant", sagte sie, als sie mit Herrn Lengner, Herrn und Frau Gürkan, Herrn Roller und Frau Blaschle zusammenstand. Die Gürkans, Herr Roller und Frau Blaschle sahen sie etwas verwirrt an. Von welchen Künstlern sprach sie?

„Ähm, ja ich werde ihnen die Namen bei Gelegenheit aufschreiben", versprach Herr Lengner. Dann ging er schnell weg.

„Welche Künstler meinen sie?", fragte Frau Blaschle nach.

„Na ja, der Mann, der den zweiten Stock so bemerkenswert gestaltet hat und jener, der die Metamorphose von der Ratte zum Elefanten sich so genial ausgedacht hat. Sie wissen schon - das Gemälde im vierten Stock", erklärte Frau Lemper.

„Ach so!", schmunzelte Frau Blaschle.

Die Gesellschaft löste sich nach und nach auf. Es ging dem Abend zu und jeder verzog sich nun in seine Wohnung.

Auch Frau Lemper fuhr wieder nach Hause und freute sich über das neue Gemeinschaftsgefühl in ihrem Wohnblock.

Eigentlich wäre alles gut gewesen, wenn nicht am nächsten Morgen großes Geschrei im Erdgeschoss zu hören gewesen wäre.

„Nicht schon wieder!", schrie Frau Kramer. „Das darf doch nicht wahr sein!"

„Was ist denn los?", fragte besorgt Herr Roller, der sie als erstes schreien hatte hören, als er gerade mit seinem Sohn die Wohnung verließ, um ein wenig nach draußen zu gehen.

Aber als er in den Gang steuerte, in dem Frau Kramer wohnte, war alles klar.

„Nicht schon wieder!", schrie nun auch er.

Und dann kamen nach und nach die anderen Leute und sahen sich das Malheur an.

Zuletzt erschienen Tira, ihre Mutter und ihre beiden Brüder.

Mirco lief sofort auf sie zu und rief laut: „Das warst du doch! Gib es endlich zu!"

Er deutete auf die schwarze Farbe, welche ein weiteres Mal die wunderbaren Bauwerke von Frau Kramer verunstaltete.

„Nein", verteidigte sich Tira, „das war ich nicht!"

Auch ihre Mutter nahm das Mädchen sofort in Schutz. „Wann sollte Tira das denn gemacht haben, hm? Sie hat seit gestern Abend die Wohnung nicht verlassen. Dafür lege ich meine Hand ins Feuer!"

Tira lief rot an.

„Und warum wirst du dann ganz rot im Gesicht? Und warum tuschelst du dauernd mit Elo?", bohrte Mirco weiter. Er kam ihr jetzt bedenklich nah und die anderen Hausbewohner sahen sie fragend an.

„Ich – ich!" Plötzlich brach sie in Tränen aus. „Ich war es nicht. Diesmal nicht!" Sie weinte so heftig, dass ihr ganzer Körper bebte. „Beim ersten Mal habe ich mitgeholfen, die Wand schwarz anzumalen. Ich war eifersüchtig auf dich, Mirco. Ich wollte immer schon besser sein in Mathe als du. Lange Zeit habe ich dich gehasst, weil Elo dich gehasst hat. Und er war der einzige Mensch, der mich am Anfang als ich neu in die Klasse kam, mitspielen ließ. Also war das, was Elo sagte und dachte für mich total wichtig. Und da Elo dich hasste, tat ich das auch, ohne nachzudenken. Dabei bist du eigentlich ein feiner Kerl!" Sie hielt kurz inne und warf einen scheuen Blick auf Mirco. Als Elo von eurem tollen Haus und eurer wunderbaren Hausgemeinschaft hörte, war er wütend. Er gönnte dir und Regina das Glück nicht. Und da hat Elo den Vorschlag gemacht, dass wir die Wand mit den schönsten Gemälden im Haus schwarz anmalen. Ich habe heimlich den Hausschlüssel genommen, den Mutter ja schon hatte, weil sie die Wohnung hier gekauft hat."

„Was?", rief jetzt auch ihre Mutter entsetzt.

„Es tut mir so leid. Wirklich. Ich war wütend, als ich hörte, dass wir hier einziehen sollen. Ich wollte nicht da wohnen, wo Regina und Mirco wohnen. Wenn ich geahnt hätte, dass ich euch so unrecht tue und ihr so nett zu mir seid, hätte ich mich bestimmt nicht so aufgeführt. Oh, es tut mir alles so leid!"

Ihre Mutter begann zu weinen.

„Wir sind ganz früh am Morgen reingekommen und haben die Wand mit der Farbe angemalt", erklärte Tira weiter. „Es haben noch alle geschlafen. Ehe uns jemand entdeckte, waren wir schon wieder weg."

Noch dreimal rief sie „Es tut mir echt so unglaublich leid! Bitte, bitte, verzeiht mir!"

„Und warum hast du uns das nicht alles früher erzählt? Und warum hast du in letzter Zeit dauernd mit Elo getuschelt?" Mirco ließ nicht locker.

„Er hat gesagt, dass er noch einmal alles zerstören würde. Ich habe versucht, ihn aufzuhalten. Deshalb habe ich in der Pause so oft mit ihm geredet. Er wusste, dass Frau Kramer wieder alles schön bemalt hatte und wollte noch einmal alles kaputt machen. Ich konnte euch seinen Plan nicht verraten, weil er mich erpresst hat, dass er alles verraten würde, was ich bei der ersten Zerstörung der Wände getan hatte. Und ich hatte solche Angst, dass ich dann von euch nicht mehr gemocht werden würde, wenn ihr wüsstet, dass ich auch schuld an dieser Schmiererei bin."

„Oh Mann, Tira", mischte sich nun Regina ein. „So ist doch alles noch viel schlimmer!"
„Ich habe gedacht, ich könnte ihn davon abhalten, nochmal die Wände zu verschmieren, wenn ich mich wieder mehr mit ihm abgeben würde. Deshalb hing ich eben in der Pause und so jetzt dauernd mit ihm zusammen rum. Aber scheinbar hat das gar nichts gebracht." Tira bekam wieder einen schrecklichen Heulanfall.

Frau Kleinle ging auf Tira zu und legte ihren Arm um sie. Dann gesellte sich auch Herr Roller dazu. „Es ist gut, dass du jetzt alles gesagt hast!", sagte Frau Kleinle. „Nun ist es raus. Jetzt können wir wieder von vorne anfangen."

Regina kniff die Augen zusammen und fauchte plötzlich: „Wieder von vorne anfangen! Was tröstest du jetzt diese Verräterin auch noch?"

Dann rannte Regina weg.

Frau Kleinle rief noch hinterher: „Regina, was soll das? So warte doch." Sie wusste nicht recht, ob sie bei Tira bleiben und sie trösten oder Regina folgen sollte. Schließlich ging sie ihrer Tochter nach, um mit ihr zu reden. Doch Regina verschanzte sich in ihrem Zimmer, sperrte dieses zu und warf sich heulend aufs Bett..

Auch Mirco suchte das Weite. Allerdings ging er mit seinen Eltern zurück zur Wohnung. Diese wussten nämlich nicht so recht, was sie mit der Situation anfangen sollten.

Das Gespräch

„Du blöder Idiot, das wirst du uns noch büßen!", fauchte Mirco am nächsten Tag Elo an, als er an dessen Schulbank vorbei ging.

„Was meinst du denn?", grinste Elo. Sein fieses Grinsen ließ in Mirco und Regina die Wut noch mehr hochsteigen. Mirco ballte seine Faust.

„Du weißt genau, was wir meinen!", zischte Regina.

„Ach, Reginalein, was hast du denn für ein Problem, hm?" Elo redete in einem zuckersüßen, höchst überheblichen und arroganten Ton mit ihr.

„Du bist so ein Volltrottel!", rief Regina.

„Und du bist nicht besser als er!", fügte sie hinzu, als sie an Tira vorbeiging. Dass Mutter sie auch noch getröstet hatte, ärgerte sie besonders.

Tira zog den Kopf ein und murmelte: „Kann ja verstehen, dass du wütend bist."

Dann kam Frau Lila und sie spielten wieder Rechenkönig.

Aber heute kämpften Tira und Mirco nicht um den ersten Platz. Tira schied gleich am Anfang aus und Mirco ein paar Runden später.

Als Reginas Mutter am Abend fragte, wie es denn in der Schule gewesen sei, meinte sie: „Blöd." Normalerweise erzählte sie ihrer Mutter abends immer eine ganze Menge von der Schule und vom Tag. Aber heute war sie bockig. Sie schob sich wortlos ein Brot in den Mund, dann stand sie auf und murmelte: „Habe keinen Hunger."

Sie war im Begriff, auf ihr Zimmer zu gehen. Ihre Mutter hielt sie zurück.

„Du bist wohl immer noch sauer, weil ich Tira getröstet habe, oder?"

„Tira ist eine doofe Kuh. Sie hat uns alle reingelegt", entgegnete Regina verbittert.

„Sie hat heute Nachmittag Frau Kramer geholfen, ihr Kunstwerk wiederherzustellen",
sagte ihre Mutter und schnitt dabei eine
Tomate in vier Teile.

Regina hob den Kopf und sah Mutter kurz in
die Augen. Das erstemal an diesem Abend.
Die Mutter nickte.

„Na und?", schmollte Regina weiter, „Das
ist doch eh umsonst. Morgen sagt sie wieder
ihrem Freund Elo alles und dann zerstört er
erneut Frau Kramers Kunstwerk. Da können
wir gleich aufhören, das Haus schön zu
streichen."

„Man darf nie aufgeben und denen das Feld
überlassen, die nur alles kaputt machen.
Außerdem glaube ich nicht, dass Tira mit
Elo unter einer Decke steckt."

„Ach, und wieso das?" Regina klang sehr
angriffslustig und gereizt.

„Ich weiß nicht. Ist so ein Gefühl. Das Mä-
del hat gestern nicht gelogen. Das glaub ich
nicht."

„Glaub oder glaub nicht! Ich will mit dieser
Tira nichts mehr zu tun haben. Und Mirco
auch nicht." Regina rannte in ihr Zimmer
und drehte die Musik laut auf. Sie hockte

sich aufs Bett und starrte aus dem Fenster. Draußen war es dunkel. Ein paar Regentropfen klopften sanft an das Fenster, aber die Musik ließ nicht zu, dass man sie hörte. Regina war elend zumute. Sie wusste nicht mehr recht, was sie denken sollte. Dass Tira Frau Kramer geholfen hatte, das Kunstwerk wieder herzustellen verwirrte sie. Und dass ihre Mutter Partei für sie ergriff ebenso. Sie dachte lange nach. Dann riss sie plötzlich ihre Zimmertür auf und die Wohnungstür.

„Wo willst du hin, Gina?", rief sie die Mutter. Manchmal nannte sie die Tochter Gina. Das war meist dann, wenn sie sich besonders Sorgen um das Mädchen machte.

„Bin gleich wieder da."

Sie rannte die ganzen Stufen hinunter ins Erdgeschoss. Und siehe da! Frau Kramer hatte sich offensichtlich den ganzen Tag freigenommen und an der Wand gearbeitet. Jedenfalls sah fast alles wieder so aus wie vorher. So schnell war also alles wieder repariert? Und Frau Kramer hatte Tira mithelfen lassen? War sie denn nicht sauer auf diese Zerstörerin?

Regina klingelte bei Frau Kramer.

Lächelnd öffnete sie ihr. „Oh, Regina, das ist aber schön, dass du mich besuchst. Auch wenn es schon ein bisschen spät ist. Musst du nicht zu Bett?"

„Doch, dann schon. Aber ich habe grade gesehen, dass sie alles wieder so schön bemalt haben, wie es zuvor war. Das hat mich erstaunt."

„Ja, nicht wahr! Komm doch herein!" Regina ließ sich das nicht zweimal sagen.

Sie war noch nie in Frau Kramers Wohnung gewesen. Die Wohnung war vergleichsweise groß im Gegensatz zu der von Regina und ihrer Mutter.

Im Wohnzimmer hingen ein paar Bilder von ihren beiden Kindern.

„Da sind sie aber noch kleiner, oder?"

„Ja", seufzte Frau Kramer, „Da waren sie noch beide zu Hause. Jetzt wohnt mein Sohn ja in Amerika und meine Tochter in Australien. Da seh ich sie nur alle heiligen Zeiten. Deshalb bin ich auch so froh um meine Hausfamilie." Frau Kramer grinste.

„Sind sie nicht wütend, dass sie das schöne Gemälde schon zum dritten Mal neu machen dürfen, nur weil ein paar Holzköpfe es dauernd zerstören?", ereiferte sich Regina.

„Doch, natürlich schon."

„Haben Sie da überhaupt noch Lust, etwas zu malen?", bohrte Regina nach.

„Weißt du, ich habe in den letzten Jahren und Jahrzehnten so viel und so oft gemalt. Gerne hätte ich es zu meinem Beruf gemacht. Aber nie hat jemand gesagt, dass das, was ich male, besonders schön ist. Und nun bewundert jeder diese Wand. Ich bekomme so viel Lob von den Leuten. Und Lob tut unheimlich gut. Das muss ich sagen." Sie lachte und wirkte auf einmal sehr jugendlich.

„Ich würde die Wand wahrscheinlich hundertmal anmalen, wenn man sie hundertmal zerstören würde. Es lohnt sich immer wieder, weil die Leute sich daran freuen."

„Aber haben sie keine Wut auf Tira?"

„Nicht mehr. Sie hat mir heute den ganzen Nachmittag geholfen und mir eine Menge dabei erzählt."

„Tatsächlich?" Regina zog die Augenbrauen hoch. Sie hatte sich inzwischen auf das hübsche rote Sofa gesetzt, das in Frau Kramers Wohnung gegenüber dem Fenster stand.

„Ich glaube, dass sie wirklich viel Angst hatte. Sie hat das erstemal in diesem Haus erlebt, wie es ist, wenn die Leute zusammenhelfen, zusammen für etwas kämpfen und sich verstehen. Das kannte sie vorher nicht."

„Na und? Hat sie deshalb das Recht, hier alles zu zerstören?" Jetzt verteidigte Frau Kramer auch noch diese Tira. Regina konnte das nicht nachvollziehen.

„Nein, das hat sie sicher nicht." Frau Kramer blickte zu Boden. Sie legte ihre Hände mit den langen Fingern ineinander und wirkte jetzt nachdenklich. „Aber vielleicht kannst du verstehen, warum sie vorher anders war als jetzt."

„Ich weiß nicht, ob sie sich wirklich geändert hat. Sie hängt doch immer noch mit Elo rum", wandte Regina ein.

„Nein, tut sie nicht. Sie hat die Wahrheit gesagt."

„Woher wollen Sie das wissen?"

„Ich glaube, sie ist wirklich verzweifelt. Es ist nicht immer so einfach, auf zwei Brüder aufzupassen, Tag für Tag. Und wenn man nicht grad so ein offenes Haus wie wir hat, verliert man schnell Freunde – oder gerät an die falschen Freunde."

Regina blickte auf die Standuhr im Wohnzimmer. Es war schon längst Zeit, sich fürs Bett fertig zu machen. Mutter würde sich Sogen machen und schimpfen, wenn sie wieder zu spät schlafen ging. Zwar hätte sie noch gerne ein wenig mit der Frau geplaudert, aber sie bedankte sich nun bei Frau Kramer und verließ die Wohnung. Während sie die Treppen hoch in den dritten Stock stieg, dachte sie an Tira. Ob Tiras Mutter schon von der Arbeit daheim war? Manchmal kam sie sehr spät. Dann musste Tira wahrscheinlich die Jungs ins Bett bringen. Regina hatte keine Geschwister. Aber wahrscheinlich war es gar nicht so leicht ein schreiendes Baby und einen quengelnden Einjährigen, die nicht schlafen wollen, zu beruhigen.

Ein besonderer Plan

Am nächsten Tag bewunderten alle Frau Kramers wiederhergestelltes Kunstwerk. „Das ist ja schnell gegangen?", wunderte sich Herr Roller.

„Ja, Tira hat mir sehr geholfen, sonst wäre ich noch nicht fertig", entgegnete sie. Dann warf sie Tira, die wieder einmal ihren jüngsten Bruder herumtrug, ein Lächeln zu.

„Ich fürchte, Elo wird wieder kommen", sagte Tira und nippte an dem leckeren Orangentee, den Frau Hutter für die Hausgemeinschaft bereitet hatte. Sie stand neben Milan und Aische, als Mirco um die Ecke bog.

„Wann kommt er denn, weißt du es schon?", fragte Mirco herausfordernd.

Die Kinder tauschten Blicke, keiner sagte etwas.

„Wer kommt?", fragte Frau Kramer.

„Tira kündigt grade eben wieder einen Besuch von unserem Freund Elo an." Mirco holte Luft und nörgelte dann weiter: „Wer war eigentlich der Typ auf der Faschingsfeier, der dich ja offensichtlich bestens gekannt hat?", fragte Mirco.

„Ich glaube, der wohnt mit Elo in einem Haus", entgegnete Tira leise.

„Na, da haben wir es ja wieder. Da tut sie so, als ob sie unschuldig wäre und dabei hat sie den Typen auf der Faschingsparty auch noch gekannt. Das ist ja wohl das Allerletzte!"

„Warum bist du so hart zu Tira? So kenn ich dich gar nicht!", sagte Frau Kramer und legte ihre Hand auf Mircos Schulter.

Mirco sah sie leicht verlegen an. Er mochte Frau Kramer sehr. Sie war immer geduldig und man hatte das Gefühl, nichts und niemand könne sie aus der Ruhe bringen.

„Ich verstehe ja deine Wut", sagte sie, „aber ich glaube, dass wir jetzt das Kriegsbeil begraben sollten. Wir müssen gemeinsam etwas gegen Elo und seine Kumpel unternehmen. Bitte, haltet zusammen!" Frau Kramer sah in die Runde, von einem zum anderen. Ihr war es ernst, das sah man ihr an. Sie war eine kluge Frau. Mirco schämte sich jetzt fast ein bisschen, dass er so jähzornig war. Frau Kramer hätte eigentlich viel mehr Wut im Bauch haben müssen, aber sie zeigte sich versöhnlich.

„Liebsbeil beglaben", sagte der kleine Kai, der eben mit seinem roten Flitzer zu der kleinen Versammlung auf dem Gang dazugekommen war. Alle mussten schmunzeln über seine drollige Bemerkung, auch Mirco.

Regina war nun ebenfalls zu der Gruppe hinzugestoßen.

„Worüber denkt ihr nach?", fragte sie die Anderen. Sie vermied es, Tira in die Augen zu sehen. Nach wie vor wusste sie nicht, wie sie sich gegenüber ihr verhalten sollte. Einerseits war sie immer noch ein wenig wütend auf sie, andererseits hatten sie die Worte von Frau Kramer und ihrer Mutter nachdenklich gemacht.

„Wir wollen Elo eins auswischen!", erklärte Mirco.

„So? Will Tira das auch?", fragte sie erstaunt und sah das Mädchen nun doch an.

„Ja klar!", beteuerte diese sofort.

„Hm, das finde ich gut", meinte Regina. Sie lächelte Tira jetzt sogar für einen Moment an. Wahrscheinlich war es wirklich Zeit, ihr zu verzeihen und sich auf den Bösewicht Elo zu konzentrieren.

„Habt ihr eine Idee, was wir unternehmen könnten, damit ich Paris, Rom, Berlin und New York nicht noch einmal zeichnen muss?", fragte Frau Kramer in die Runde. Ihre Augen leuchteten.

„Wir werden dem Kerl eine Tracht Prügel verpassen, dann gibt er schon Ruh!", sagte Mirco aggressiv.

„Glaubst du wirklich, dass das eine Lösung ist?", fragte Regina ihren Freund. Sie dachte an Elos Kumpels und stellte sich vor, wie sie aufeinander losgingen. Dabei war sie sich sicher, dass Elo mit seinen Leuten gegen Mirco, Aische, Milan, Osman, Rosina und sie gewinnen würden. Sie waren viel zu viele Mädchen und Elos Gruppe bestand überwiegend aus ziemlich kräftigen Jungs. Wenn sich einer von diesen Bombern auf

Regina stürzte, sah sie schwarz für ihre Gesundheit!

„Wir müssen einfach aufpassen, dass Elo nicht mehr ins Haus kommt", meinte Milan.

„Genau", stimmte ihm Aische zu, „schließlich ist es ja nicht wie früher, als einer den anderen im Haus nicht kannte und man sich nicht sicher war, ob die Leute, die ins Haus kamen, auch zum Haus gehörten."

„Ja", stimmte Regina mit ein, „wir dürfen einfach keinen hereinlassen, der nicht zum Haus gehört."

„Das geht nicht so einfach", sagte plötzlich eine Dame. Die Kinder erschraken ein wenig. Es war Frau Hallbauer, die hinter ihnen stand und ihren Kommentar abgab. Sie hatte ein wenig zugehört, worüber die Kinder und Frau Kramer diskutierten.

„Aber warum nicht?", fragte Regina.

„Wir könnten Wache schieben. Immer einer steht an der Eingangstüre und lässt nur den herein, der zum Haus gehört", schlug Mirco vor.

„Und was machst du am Vormittag, wenn alle in der Schule oder in der Arbeit sind?", fragte Aische.

„Da stellen wir halt einen an. Einen Leib-wächter für das Haus, sozusagen", schlug Milan vor.

Die anderen lachten.

„Ich glaube, das wird ein bisschen teuer", meinte Frau Hallbauer.

„Aber eigentlich kann doch keiner rein, wenn wir immer gleich die Türe hinter uns verschließen", meinte Frau Kramer. „Und wenn wir niemandem aufmachen, der nicht eindeutig sagen kann, wer er ist, müsste das doch funktionieren."

„Na ja, Frau Hallbauer hat schon recht", meinte jetzt Aische. „Das ist nicht so ein-fach. Wenn ich zum Beispiel den Müll aus-leere, nehme ich nicht extra den Haus-schlüssel mit. Ich tu halt den Schnapper rein, damit die Haustüre wieder aufzudrü-cken ist."

„Und manchmal vergisst du auch, ihn wie-der rauszutun. Dann kann man den ganzen Tag einfach so ins Haus kommen", ergänzte Osman, der nun ebenfalls zu der Gruppe hinzugestoßen war.

„Weil dir das nicht passiert, oder!", keifte Aische zurück.

„Jedem von uns passiert das mal", meinte Regina, um die beiden zu beruhigen und einen Streit zu vermeiden.

„Warum zeigen wir Elo eigentlich nicht einfach an? Dann wird er eingesperrt und wir haben ihn los?", schlug Osman vor.

Frau Hallbauer grinste. „So einfach ist das leider nicht. Er ist noch ein Kind. Und Kinder werden nicht eingesperrt, schon gar nicht wegen so was."

„Das finde ich jetzt auch ungerecht", sagte Mirco.

„Man geht davon aus, dass Eltern ihre Kinder zurecht weisen, wenn sie etwas tun, das nicht richtig ist", erklärte Frau Hallbauer.

„Elo hat nur noch einen Vater und einen Bruder. Sein Bruder ist in der achten Klasse und hat schon ziemlich viel angestellt. Einmal hat er sogar etwas gestohlen und wurde auch festgenommen. Elos Vater interessiert sich nicht besonders für seine Jungs. Ich glaub, dem ist es egal, was Elo treibt", erklärte Tira.

„Und? Blieb sein Bruder im Gefängnis?", fragte Regina interessiert.

„Nein, er kam wieder frei, wahrscheinlich aus dem Grund, den Frau Hallbauer gerade genannt hat."

„Und was ist mit seinem Vater? Du sagst, er interessiert sich nicht für seine Kinder?", fragte Mirco. Er dachte an seinen eigenen Vater, den er über alles liebte. Egal welche Sorge Mirco plagte, er konnte immer zu seinem Vater kommen. Natürlich hatten sie auch manchmal Streit, weil Mirco sein Zimmer nicht aufgeräumt hatte oder weil er den Fernseher nicht ausschaltete oder andere Kleinigkeiten. Aber die meiste Zeit verstanden sie sich gut. Mit seinem Vater konnte Mirco prima über alles reden. Und wenn es ging, unternahmen sie etwas zusammen, fuhren Rad oder gingen zum Schwimmen oder zum Eis laufen oder spielten Fußball.

Tira ließ sich nun über Elos Vater aus: „Er ist ein totaler Trottel! Wenn er abends nach Hause kommt, schimpft er Elo wegen diesem und jenem und dann knallt er sich vor den Fernseher und trinkt Bier. Ich hab das selber schon oft genug erlebt." Dann fuhr sie in leiserem Ton fort: „Einmal hat er ihn sogar geschlagen. Das habe ich selbst gesehen.

Vielleicht erinnert ihr euch noch an Elos blaues Auge. Das war keine Schlägerei im Park. Das war sein Vater. Elo hatte sein Werkzeug hergenommen ohne ihn zu fragen. Da schrie sein Vater ihn zuerst furchtbar an, dann schlug er ihm mit der Faust mitten ins Gesicht. Das war wirklich schrecklich."

Die Gruppe schwieg. Jeder dachte nach und jedem tat Elo jetzt fast ein bisschen leid.

„Wo wohnt Elo eigentlich?", fragte Aische interessiert.

„In der Himmelsstraße 3, vierter Stock. Das ist da in der Nähe. In einem dieser scheußlichen grauen Blöcke mit den braunen Balkonen." Die Umstehenden wussten ungefähr, wo sich der Häuserblock befand, den Tira beschrieb.

„Das ist zwar bitter, trotzdem hat Elo nicht das Recht, uns so einen Schaden zuzufügen", ergriff Mirco als Erster wieder das Wort.

„Da hast du völlig Recht, Mirco. Wir müssen ihm eine Lektion erteilen. Das hilft alles nichts", stimmte Frau Kramer ihm zu. Die friedfertige Frau schien also doch auch die

Nase voll zu haben von Elos Aktionen. Und Regina hatte schon gedacht, sie würde alles ertragen, was ihr an Leid zugefügt wurde. „Schließlich will ich nicht immer den gleichen Gang hundertmal streichen. Das ist mir inzwischen klar geworden", sagte sie. Hatte sie nicht gestern noch ein bisschen anders geredet? „Und wenn der Gang hundertmal verschmiert werden würde, ich würde ihn hundertmal wieder anmalen", hatte sie gesagt. Tja, so schnell änderten Erwachsene dann doch ihre Meinung.

Alle dachten angestrengt nach, wie man Elo seine Schandtat am besten heimzahlen konnte. Und so schwiegen sie wieder einen kurzen Moment. Dann sagte Frau Kramer: „Ich glaube, ich habe eine Idee!" Sie hob den Zeigefinger und lachte spitzbübisch.

„Wann hat er Geburtstag?", fragte Frau Kramer.

„Hä?" Die anderen wunderten sich über diese Frage.

„Das weiß ich zufällig", sagte Tira. „Er hat zwei Tage vor mir Geburtstag, nämlich am 10. März."

„Das ist in vier Wochen. Ja, das ist gut. Das könnte gehen. An seinem Geburtstag wollen wir es ihm so richtig zeigen. Dann sieht er hoffentlich, was er für einen Mist gebaut hat. Wir müssen vermeiden, dass er so wie sein Vater wird. Und ich denke, wir können ihm da ein wenig helfen!" Voller Elan und innerer Zufriedenheit strahlte sie Kinder und Erwachsene an.

„Frau Hallbauer, Sie brauche ich gleich noch eben", sagte sie dann. „Und euch alle auch", fügte sie an die Kinder gewandt hinzu.

Regina und Mirco sahen einander an. Was hatte die gute Frau vor? Sie konnten sich nicht vorstellen, wie Frau Kramer womöglich bewaffnet mit irgendeinem Holzprügel auf Elo losging. Sie konnten sich überhaupt nicht vorstellen, was sie vorhatte. In den nächsten Stunden sollten sie es erfahren und noch eine Menge darüber diskutieren, ehe der Plan tatsächlich in die Tat umgesetzt wurde.

Keine leichte Aktion

Die nächsten Wochen vergingen wie im Flug. In der Schule arbeiteten sie fleißig an der Bemalung der Aula. Jeder gab sein Bestes.

Elo ließ keine Gelegenheit aus, Tira, Regina und Mirco blöd anzureden oder zu ärgern. Aber die drei hatten sich fest geschworen, sich nicht ärgern zu lassen. Sie missachteten Elo und taten so, als sei er Luft. Manchmal fiel das allerdings ganz schön schwer. Doch dann ermahnten sie sich gegenseitig, an den Plan zu denken und so schafften sie es schon, sich nicht provozieren zu lassen.

Eine Woche vor Elos Geburtstag war das Zirkuszelt in der Aula fertig gestellt. Frau Lila war begeistert: „Es ist wunderschön geworden!" Auch die Rektorin und die anderen Lehrer und Kinder waren sehr angetan von dem Kunstwerk.

„Da sieht man, was alles entstehen kann, wenn man eine tolle Idee hat und alle zusammenhelfen, um sie Wirklichkeit werden zu lassen!", sagte die Rektorin. Mirco hatte sie selten so begeistert von etwas gesehen.

Dann kam der Tag näher, auf den alle gewartet hatten. Zum Glück war Elos Geburtstag ein Sonntag. Andernfalls hätten sie Probleme gehabt, ihren Plan in die Tat umzusetzen. Ohnehin war ihr Vorhaben schon sehr kompliziert. Es hatte viel Überzeugungskraft und Organisationstalent gefordert, bis alle im Haus mit an einem Strang zogen, um Elo nun eine Lektion zu erteilen.

Am Samstagvormittag klingelte es an der Tür von Familie Reingarten in der Himmelsstraße 3. Die kleine Familie, die aus Mutter, Vater und zwei Kindern bestand, war überrascht über den Besuch. Sie wohnten im ersten Stock und sahen noch etwas verschlafen aus so früh am Morgen.

„Guten Tag", sagte eine freundliche, gut gekleidete Dame. „Es tut mir sehr leid, Ihnen eine unerfreuliche Nachricht überbringen zu müssen."

Vater Reingarten war plötzlich ganz aufgeregt: „Was ist denn passiert?"

„Oh, noch ist nichts Schlimmes passiert", erklärte Frau Hallbauer. „Aber im Haus sind einige Leitungen kaputt gegangen. Nun strömt womöglich in Kürze schädliches Gas aus. Das könnte gefährlich werden. Deshalb müssen wir vorübergehend das Haus räumen." Frau Hallbauer fand die Begründung selbst ziemlich heftig und es tat ihr auch ein wenig leid, dass sie den armen Leuten so einen Schreck einjagen musste. Aber Frau Kramer hatte gemeint, dass es schon ein triftiger Grund sein müsse, damit auch alle Leute tatsächlich ihrem Plan folgten.

„Was? Wann denn?", fragte Herr Reingarten entsetzt.

„Leider unverzüglich. Wir werden Sie in ein anderes Haus bringen, um ihnen die Sachlage genau zu erklären. Bitte kommen Sie alle mit mir mit, dann erläutern wir Ihnen alles gründlich. Heute Abend ist sicher alles repariert. Dann können Sie in Ihre Wohnungen zurückkehren. Aber jetzt müssen sie sich leider beeilen."

„Wie kann denn das passieren? Das darf
doch nicht wahr sein! Ich hätte so viele Sachen zu erledigen gehabt", brummte Herr
Reingarten.

Herr und Frau Hutter teilten dasselbe den
Bewohnern im Erdgeschoss der Himmelsstraße 3 mit. Familie Lennert, Familie
Gürkan, Frau Blaschle, Herr Roller, Herr
Lohr und Tom kümmerten sich um die Bewohner der anderen Stockwerke. Bald war
das Haus geräumt. Lediglich Elo, sein Vater
und sein Bruder wurden nicht informiert.

Zu ihnen kam etwas später Frau Hallbauer.
Sie trug eine Maske vor dem Gesicht. Als
Elos Bruder die Tür öffnete, trat sie rasch
ein und schloss diese sofort wieder hinter
sich.

„Wer sind sie? Was wollen Sie hier?", fragte
der völlig überrumpelte junge Kerl. Elo und
sein Vater erschienen nun auch. Frau Hallbauer legte sofort los und fuchtelte dabei
aufgeregt mit den Armen in der Gegend
herum. Dann erklärte sie Folgendes: „Bitte
bleiben Sie in den nächsten Stunden in Ihrer
Wohnung. Leider ist ein gefährliches Gas
auf den Gängen aufgetreten. Verlassen Sie

auf keinen Fall die Wohnung, egal was sie vor ihrer Türe hören."

Ehe die verblüfften männlichen Wesen irgendetwas sagen konnten, verließ Frau Hallbauer deren Wohnung wieder.

Dann ging alles sehr schnell. Jeder wusste genau, was er zu tun hatte. Die Hausbewohner der Himmelsstraße 3 wurden alle zu Reginas und Mircos Haus gebracht. Dort waren die Gänge noch ein Stück gemütlicher eingerichtet als sonst. Kerzen waren aufgestellt, noch mehr Blumen als sonst prangten in den Gängen und die leckersten Köstlichkeiten gab es zu essen. Bald schon beruhigten sich die Gemüter der Bewohner aus der Himmelsstraße 3. Sie waren sehr erstaunt über die Gastfreundlichkeit der Leute in Reginas und Mircos Haus. Und sie waren äußerst angetan von der tollen Bemalung und Bewirtung im Haus.

„Na wenn das so ist, darf öfter mal eine Leitung in unserem Haus kaputt gehen", lachte Herr Reingarten nach einer Weile. Viele stimmten zu.

Dann kam der spannende Moment, in dem Herr Lohr alle Leute in den fünften Stock

bat, um Ihnen zu erklären, was die Hausgemeinschaft vorhatte. Sie hatten Herrn Lohr
für diese Aufgabe auserwählt, weil er in
seinem Arbeitsanzug mit Krawatte am besten aussah und die Leute ihm vielleicht am
meisten Glauben schenkten.

Der ganze fünfte Stock war voller Stühle
und auch hier wurden den Leuten leckere
belegte Brötchen gereicht, um sie milde zu
stimmen.

„Nun, meine sehr verehrten Damen und
Herren, ich freue mich sehr, dass Sie da
sind!" Ein Raunen ging durch die Menge.
Dann wurde es wieder leiser.

„Sie alle kennen sicher diesen Jungen aus
dem vierten Stock in ihrem Haus. Er wird
Elo genannt."

Wieder fingen alle miteinander zu reden an,
als sie den Namen hörten. Die Einen schüttelten den Kopf, die Anderen tippten sich an
die Stirn, wieder Andere runzelten die Stirn
oder machten ein finsteres Gesicht. Man
merkte jedenfalls sofort, dass Elo auch unter
den Hausbewohnern keine Freunde hatte.
Nur zwei Jungen sagten gar nichts. Tina,
Regina und Mirco ließen ihren Blick nicht

von den beiden. Es waren nämlich jene Burschen, die auf der Faschingsparty alles kaputt gemacht hatten. Aber jetzt saßen sie ganz still neben ihren Eltern und liefen rot an. Sie starrten auf den Boden und wären am liebsten darin versunken.

„Sie sind sicher unserer Meinung, dass man diesem Kerl einmal eine Lektion erteilen muss, oder?" Herrn Lohrs Stimme wurde immer lauter und er verlieh ihr noch mehr Ausdruck, indem er mit der Faust auf das kleine Tischchen so fest donnerte, dass eines der Tischbeine bedenklich knarzte.

Viele Bewohner aus der Himmelsstraße 3 sprangen auf und riefen „Das ist eine gute Idee!" oder „Ja, das finde ich auch!" oder „Der ist wirklich ein schreckliches Kind!".

„Nun und deshalb sind wir eigentlich hier!", erklärte Herr Lohr.

Die Leute sahen sich verwundert an. „Nicht wegen des Gases aus den Rohren?", fragte Frau Reingarten verblüfft.

"Nein", antwortete Herr Lohr ehrlicherweise. „Verzeihen Sie bitte vielmals, dass wir sie so an der Nase herumgeführt haben."

Noch einmal ging ein Raunen durch die Menge. Ein Mann stand auf und wollte sich erbost wieder auf den Weg nach Hause machen. Tom hielt ihn auf. „Bitte bleiben Sie noch. Sie wollen doch auch, dass ihr Haus sicherer wird, oder? Sie haben doch auch keine Lust, sich von Rotzlöffeln wie Elo den Tag verderben zu lassen, oder? Essen sie doch noch ein wenig und trinken sie was!" Tom drückte ihm ein Brötchen und eine Flasche Cola in die Hand und geleitete ihn sanft, aber bestimmt, wieder auf seinen Platz.

Herr Lohr fuhr fort. „Nun, wir haben einen ganz besonderen Plan. Und den möchten wir Ihnen jetzt vorstellen!" Dann erklärte er ihr ganzes Vorhaben. Zwar kam es noch zur einen oder anderen Diskussion. Aber am Ende zogen alle an einem Strang, genossen noch den restlichen Tag in dem gastfreundlichen wunderschönen Häuserblock und kehrten am Abend gespannt auf den nächsten Morgen in ihre Wohnungen zurück.

Die besondere Geburtstagsparty

Erst am nächsten Morgen klingelte es abermals an der Haustüre von Elo.

Diesmal öffnete er selbst. Vor der Türe standen Tira, Mirco und Regina.

„Was wollt ihr hier?", fauchte Elo sie sofort an. Hinter ihm standen jetzt sein Vater und sein Bruder. „Kann man nun endlich wieder aus der Wohnung kommen?", moserte der Vater. Seine Haare standen in alle Richtungen und er roch unangenehm.

Nun erschien Frau Hallbauer. „Die Gefahr ist gebannt. Sie können wieder aus ihrer Wohnung kommen", sagte sie. Hinter ihr standen jetzt eine Unmenge von Menschen. Es waren Leute aus der Himmelsstraße 3 und viele andere Leute, an die Elo sich nur schwach erinnerte. Hatte er sie nicht auf dieser Faschingsparty gesehen? Was machten diese Menschen hier alle?

Im nächsten Moment hoben sie ganz viele Sternwerfer in die Höhe. Dann sangen Sie zusammen „Zum Geburtstag viel Glück!"

Elo lief rot an. So etwas hatte er noch nie erlebt: So viele Menschen kamen, um ihm zu gratulieren? War er wach oder träumte er noch? Für gewöhnlich wurde sein Geburtstag überhaupt nicht gefeiert. Früher, als seine Mutter noch lebte, hatte es Kuchen gegeben. Aber der Vater vergaß sogar hin und wieder seinen Geburtstag und sein Bruder auch. Nur Tira hatte letztes Jahr daran gedacht und ihm tatsächlich einen kleinen Kuchen gebacken. Aber seit Tira ins andere Lager übergelaufen war, erwartete er eigentlich nicht mehr, dass irgendjemand an seinen Geburtstag dachte.

Als die vielen Leute mit ihrem Gesang fertig waren, zog Tira ihn aus der Wohnung heraus. Die Leute wichen nun zurück, sodass Elo auf die vorher weißen Wände im Gang blickten konnte. Und was sah er dort? Ein gigantisches Landschaftsbild mit Straßen und Bergen und Seen und mit unglaublich coolen Autos. Es sah so wahnsinnig toll aus, dass er mindestens zehn Minuten überhaupt nichts sagte und nur auf die Wände starrte. Sogar sein Vater und sein Bruder waren sprachlos. So etwas Schönes hatte er selten gesehen. Und er war der absolute Auto- und Motorradfan.

„Ähm", räusperte es sich sichtlich verlegen, „das sieht echt super aus!"

Er traute sich nicht recht, die anderen Leute anzusehen und schon gar nicht Tira, Mirco oder Regina.

„Gefällt es dir? Das hat Frau Kramer mit unserer Hilfe für dich gemalt. Wir dachten, wir machen dir eine kleine Freude", erklärte Mirco.

Elo war immer noch krebsrot im Gesicht.

„Das ist das Schönste, was ich je gesehen habe", murmelte er sehr gerührt. So hatten ihn Regina und Mirco noch nie erlebt und auch Tira nur in ganz seltenen Momenten.

„Du solltest es nicht mit schwarzer Farbe übermalen. Wäre schade drum", konnte Mirco es sich nicht verkneifen zu sagen.

„Ich, ähm" Elo blickte zu Boden. Sein sonst so versteinertes Gesicht verzog sich plötzlich. Schnell wischte er sich ein paar Tränen weg.

Alle schauten ihn an. Die Bewohner der Himmelsstraße 3 waren nicht leicht davon zu überzeugen gewesen, dass man gerade diesem Elo so eine Freude bereitete. Wenn Herr Lohr nicht so eine flammende Rede gehalten hätte und wenn sie vor allen Dingen nicht gesehen hätte, wie wunderschön es in Reginas und Mircos Haus war, wären sie wohl gegen den Plan gewesen.

Wenn aber die Wände ihres Hauses in der Himmelsstraße 3 auch so himmlisch schön werden würden, hatten sie ja alle etwas davon. Und vielleicht ging der Plan auf, auf diese Weise Elo zu ändern, der nicht nur Mirco, Regina und Tira tierisch nervte. Frau Kramer hatte gesagt, dass es nichts bringen würde, wenn sie mit den gleichen Mitteln gegen Elo kämpfen würden mit denen er kämpfte. Sie sagte: „Gewalt erzeugt wieder Gewalt. Und Zerstörung bringt wieder Zerstörung. Da bleibt das nur ein ewiger Krieg, in dem wir und der Rest der Welt für Elo die Bösen sind. Wir werden ewig hin und her kämpfen und keiner gewinnt wirklich. Er wird uns Schaden zufügen und wir womöglich ihm. Nein, das bringt gar nichts. Wir müssen versuchen ihn zu ändern, indem wir etwas total Überraschendes tun."

Ja, Frau Kramer hatte recht behalten. Überrascht war Elo sehr. Und er schämte sich mit einem Mal.

„Es tut mir leid", sagte jetzt Elo ganz leise.

„Wie bitte?", fragte Regina.

„Es tut mir echt leid", sagte er noch einmal lauter. Dann ging er sogar zu Frau Kramer und reichte ihr die Hand. Frau Kramer klopfte ihm auf die Schulter: „Na ja, auf diese Weise haben wir ja gleich noch ein Haus verschönert. Auch nicht schlecht!"

Die anderen Leute lachten. Dann packte Frau Lennert leckere Apfeltaschen aus und verteilte sie an alle. Und Frau Hutter überreichte Elo einen Kuchen mit neun Kerzen. „Du kannst dir beim Ausblasen etwas wünschen", sagte sie. Dann fügte sie mit einem Augenzwinkern hinzu: „Aber etwas Sinnvolles!"

„Ich glaube, ich wünsch mir Freunde", sagte Elo. Jetzt sah er Tira, Regina und Mirco in die Augen. „Echte Freunde!", sagte er. Dann blies er alle Kerzen auf einmal aus.

Die Umstehenden klatschten.

„Bin gespannt, wie lange die Wände so bleiben. Der Hausbesitzer lässt das morgen sowieso wieder weiß streichen", sagte Elos Vater skeptisch.

„Oh nein", entgegnete Frau Hallbauer verärgert über den Miesepeter, „Sie sollten die neuen Hausregeln lesen, die ich geschrieben..." Rasch verbesserte sich Frau Hallbauer: „... die der Hausbesitzer, Herr Groß, unten neben der Haustür angebracht hat."

Elos Vater sah sie etwas ungläubig an.

Da trat Frau Lemper aus der Menge hervor. Forsch blaffte sie Elos Vater an: „Wenn man was zum Guten verändern will, schafft man es auch. Nehmen Sie sich ein Beispiel an Frau Hallbauer. Sie wollte, dass Ihre Hündin Cora nicht mehr so viel jammern muss in Ihrer Wohnung. Da haben Sie Mirco und Regina eines Tages durch ihr verbotenes Ballspiel auf dem Gang darauf gebracht, doch einfach die Hausregeln umzuschreiben. Mich hat sie davon überzeugt. Und Herrn Groß, den Besitzer des Hauses

159

hier, auch. Tja, manchmal kann man Dinge ändern, wenn man nur will!" Sie drückte Elos Vater ein abgebranntes Sternwerferstäbchen in die Hand und stürzte sich dann wieder in das Partygetümmel zu Elos Ehren, das inzwischen in vollem Gange war.

Währenddessen bewegte sich an anderer Stelle Tom auf Herrn Lohr zu, der sich immer noch bewundernd Frau Kramers Kunstwerk ansah. Er überreichte ihm ein Glas Sekt. „Was halten Sie davon, wenn wir Frau Kramer bitten, in das vierte und fünfte Stockwerk auch so eine Autowelt zu malen?", fragte er. Lohr sah ihn an und begann zu grinsen. „Ja, keine schlechte Idee!", sagte er und stieß mit ihm an. „Ein Ratte in einem Miniauto kann meinetwegen aufgemalt werden", gestand er Tom zu. „Klar, ein Präsident reicht ja auch für unser Haus!", lachte der amüsiert.

Herstellung und Verlag:
BoD - Books on Demand, Norderstedt
ISBN 978-3-7392-0262-4